JN003928

新潮文庫

九龍城の殺人

月原 渉著

新潮社版

11659

九龍城の殺人

目次

九龍城の殺人

MURDER OF
KOWLOON CITY

WATARU TSUKIHARA

——一九八〇年代、香港《ホンコン》。

1　シャクティ

わたしは飛行機にはじめて乗った。

搭乗して胸が高鳴る。離陸する際の緊張と、飛翔《ひしょう》とともにシートへ押し付けられる感覚は、遊園地の絶叫マシンめいて楽しかった。ただし、それは最初だけで、気圧の変化がもたらす耳鼻の不快感と、手足の血流が滞るのは不愉快だった。

機内はひどく寒い。寒い、とにかく寒い。日本を出るとき蒸し暑かったので、ノースリーブを選んだことを呪《のろ》った。小指の爪《つめ》にうまくペディキュアを塗れたのがうれしくて、サンダル風のハイヒールを選んだ自分を責めた。

窓際《まどぎわ》の席を取ったのだけれど、隣の席が空いているのをいいことに、いかにも浮かれた観光客然としたわたしを、うかつな若い娘で、格好の口説き相手とみなしてやってくる男たちが厄介であった。

仕立てのいいスーツを着た紳士が、流暢《りゅうちょう》に香港情勢などを語り聞かせてくれたりする。それからさりげないふうを装《よそお》って太ももを凝視なさる。ええ、結構ですとも。肌を露出する恰好《かっこう》で来てしまったわたしにも、少し油断があるかもしれませんね。でも、左手の薬指に、指輪の痕《あと》があるのはいただけませんわ。

仏頂面《ぶっちょうづら》をしていると、見かねた客室乗務員がやってきた。そして妻帯者か、元妻帯者であろう紳士氏に、当機はまもなく気流が乱れるポイントに達しますので、お席へお戻りくださいと通告した。

気の利《き》く客室乗務員は女性で、失敬を働いた紳士に、冷たい眼差《まなざ》しと、びんびんの敵意を浴びせて退散させた。去り際に彼女は少し微笑して、わたしも微笑を返した。機内は乾燥して寒かったが、航空会社のサーヴィスは快適だった。

ブランケットを三枚借りて包《くる》まる。イヤホンをして目を閉じた。ブランケットから顔を出したのは、到着間際、窓から香港島が見えるというアナウンスが聞こえたときだ。ひどく喉《のど》が渇いて、機内で出された酸味の強いオレンジジュースが美味《おい》しかった――すっぱいオレンジジュースは得意ではなかったはずだけれど――上空は薄曇りで、雲の切れ間から斜光となって、光が落ちている。その光の柱の合間に、香港島が見える。静謐《せいひつ》で神々《こうごう》しかった。

そういうわけで、わたしは香港国際空港――当時の啓徳《カイタック》空港のことだ――に降り立った。

自分のおかれた状況を忘れ、わくわくしなかったと云ったら嘘《うそ》になる。飛行機の扉口に蛇腹構造の接続廊下――ボーディング・ブリッジというらしい――がドッキングするさまには目を奪われたし、そこを実際に通るとき、接続部分に足を乗せるのが怖くって、えいやっと飛び越えたりして乗務員に笑われた。気分が良くって、はじめて訪れる知らない国の玄関口で目を輝かせていた。

それでも不慣れな飛行機の影響でだるかった。到着ラウンジの隅にある椅子《いす》に座って外気に体を馴染《なじ》ませる。

行きかう人の群れが新鮮だ。

空気が違う。温度が違う。交わされる言葉の数々に、わたしの知らない音の連なりや響きがあって、はじめて触れた音楽みたいに心躍った。

窓から遠く見える、異国の街。

――あれがわたしのルーツ。

一人の女性が歩み寄ってきた。

自信あふれる、野性的な目が印象的で――

「フォン？　アラガキ・フォンか？」

軽やかな日本語で声をかけられた。

切りそろえた漆黒の髪を、金色のヘアピンで止めている。そのさまがクレオパトラみたい。メイクは派手めで、チークの赤さが、切れ上がった目尻《めじり》を艶《あで》やかに魅せている。

タンクトップの裾《すそ》から、形の良いおへそが見えた。その周囲の筋肉は、筋のひとつひとつがわかるほど盛り上がっていた。

　アラガキ・フォンというイントネーションが、新垣風という自分の名前として脳内で変換されるまで一瞬の間があった。

「ええ、そうだけど——」

「フォンジェンのシャクティだ。ようこそ香港へ」

　風姫《フォンジェン》のシャクティ。

　彼女は名乗り、それが出会いとなった。

　迎えを寄越すという話は聞いていたし、やってくるのが又従姉妹《またいとこ》——つまりは祖父母の兄弟姉妹の孫——にあたる娘というのも理解していた。わたしは首をかしげて、

「よく、わたしのことわかったわね」

　空港は行きかう人で混雑している。到着予定時刻は報《しら》せてあったけど、それだけでこちらを特定できるだろうか。

「写真を見たことがあるんだ。ママのほうだけどね。そっくりだよ。そういうふうに、きらきらした目で遠くを見る横顔が」

　そう微笑する又従姉妹は普通人に見えなかった。恰好はハードロックだかパンクだかにかぶれた不良娘って感じもするけど、かもし出してる雰囲気が、そんなにヤワじゃな

かった。

年齢は同じくらいに思える——後で確認したら十八で同じだった——簡単に自己紹介をしながら話していると、同世代特有の感性の一致みたいなのが、なくもなかった。

シャクティは可《か》愛《わい》いもの好きで日本のキャラクターグッズに興味があるみたいで、わたしのトランクケースからつり下がる子猫のキーホルダーを見てほおを緩めていた。

ただし、そうした共感性を、歩き方や態度が見事に打ち消していた。男の子みたいに、肩をいからせ、のっしのっし歩いた。

日本語は流暢で、意思疎《そ》通《つう》に問題はない。知的とは少し違うけれど、頭の回転は速いほうで、察しが良い。わたしが初体験であった飛行機の後遺症に、気《け》怠《だる》そうな顔をしていると、

「ねえ、フォン。このままシェリーのところへ行ってもいいけど、長旅で疲れているだろうし、ちょっと一息入れるのも悪くないんじゃない？　空港には喫茶店も入ってるし、日本の話でも聞かせてよ」

「それはいいけど、わたしの名前、フォンじゃなくて風よ。シャクティさん」

「フー？　オーケイ、わかった。あたしのほうもシャクティさんはやめて。ちょっとこそばゆいよ。シャクティって呼んで。あたしの亡《な》くなった祖母はシェリーと姉妹で、フーはあたしと血のつながった家族なんだから」

「オーケイ、シャクティ。お茶にしましょう」

わたしがそう応《こた》えると、彼女はわたしの左手側の半歩先を歩き出した。古いエスコートのやり方だけれど、ごく自然な雰囲気で悪い気はしなかった。シャクティのさらさらした草原みたいな髪が、うなじのあたりを流れていくのを見るのは嫌いじゃない。

空港という場所はどうしてこうも天井が高く、通路が長いのだろうか。トランクケースを引きずって、休憩もなしに動き回るには広すぎる。

お茶をする店の物色を始める。そのとき、わたしに過失があったとしたら、現地ガイドのシャクティから離れてしまったことだろうか。いかにも旅慣れていない若い女子が、一人でよそ見をしながら歩いている。悪漢にとって、これほどのカモはいなかったかもしれない。

外国の空気にあてられて、少しふわふわした気持ちで店を物色していると、正面から派手な柄シャツ男が歩いてきて、肩がぶつかった。

かなり勢いがあって、わたしはのけぞる。危うく倒れてしまうところだ。

「ごめんなさい」

反射的に、日本語で謝った。

冷静に考えれば、ぶつかってきたのは相手のほうなのだけれど、身体《からだ》の芯《しん》まで日本人的思考が染《し》みついている。自分が気を遣えば相手も気遣ってくれると考えてしまう甘えだ。

　相手の男は自分は悪くないといった顔で、にらみつけてきた。

　頭から冷水を浴びせられた心地。猫みたいにうなじの毛が逆立つ。油断して、からまれてしまった自分に腹が立った。

　シャクティが小走りに戻ってくる。柄シャツ男に向かって、

「やめな」

と、低い声で警告する。

　日本語は、わたしに対する注意喚起。シャクティの視線がわたしの背後に向いている。

　振り返ると、別の男がわたしのトランクケースに手をかけていた。悪辣《あくらつ》な作戦にはまりかけたとわかって、背筋が寒くなった。

「泥棒！」

　近くにいた紳士が叫んだ。

　よく見ると、飛行機内でわたしにいい寄ってきた人だ。

　視線が合うと微笑を返された。

　一方で、窃盗の二人組は、早々に強盗へと転じた。

　ぶつかってきた男が、両手でわたしを突き飛ばした。

　突き飛ばされて、わたしはしりもちをついた。

トランクケースを持った男に、シャクティが歩み寄って、懐《ふところ》から取り出した黒い棒で殴りつける。男がよろめいたところにもう一撃。

さらに追撃。

彼女はトランクケースを蹴《け》って、こちらへ滑らせた。

わたしを突き飛ばした男は、シャクティに怒声を発してつかみかかる。シャクティは黒い棒を相手の顔面に突き出した。

口中に黒い棒をねじ込まれた男は、血を吐いて激しくむせる。

さらにシャクティは男の股間《こかん》を蹴る。

「逃げるよ」

シャクティが叫ぶ。

わたしはトランクケースを持って走り出す。

追おうとした男の片方の足を、件《くだん》の紳士氏が足を引っかけて倒した。それで飛行機内での出来事については、綺麗《きれい》さっぱり忘れることにした。

もうひとりの男が追うそぶりをする。

背を向けているシャクティに向かって、その男が懐から刃物を取り出して——

わたしは振り返りざま、飛び上がって蹴った。

男の鼻の穴にヒールが刺さり、血が吹き出す。

——ああ、この靴気に入ってたのに。

シャクティがわたしの手とトランクケースをつかんで走る。

あとは無我夢中。

空港の駐車場で、車にトランクケースを放り込んで乗り込む。

シャクティが車を急発進させた。

空港が遠ざかる。

まだ胸がどきどきしてる。

車は真っ赤なルノー・カラヴェルのカブリオレ。オープンカーなので、濃密なアジアの空気が、髪をばさばさ乱した。

「哈哈哈《わっはっは》」

運転席のシャクティは上機嫌。

「シェリーの孫娘が、帰ってくるから迎えに行けって。日本で育ったお嬢さんだって聞いてたから、どんなにか世間知らずだろうって思ってたけど」

前は見ているけど、運転が心配になるほど笑っている。

「とび蹴り喰らわすとはね」

「刃物を取り出したから」

「あたしが刺されそうになったからって？　無茶するね。でも、ありがと。助けたつもりだったけど、逆に助けられちゃった」

「いいの。外国に来て、旅行気分で油断してた」

「それにしても痛快だ。あの野郎、鼻から血を吹いて――」

苦しそうに身を折って、

「――こりゃ、退屈しなくてすみそうだ」

「逃げる必要、なかったんじゃない？」

わたしは向かい風に負けないように声を張り上げた。

「警備員を呼べばよかったじゃない」

「普通なら、そうだ」

「なら、どうして？」

「警備員を呼べば、必然的に警察もやってくる。それはあたしが困る。フォンジェンも無用のトラブルはご免だ」

ことなげにそう云う。

「それって、警察沙汰《ざた》は困るってこと？」

「フーが、その綺麗な足でアイツの鼻の穴にヒールを突っ込んでいなけりゃ、それでも良かったんだけどね。傷害沙汰の始末は面倒だ」

「正当防衛よ」

「やってきた警察が、あいつらのバックにいる連中に買収されていなけりゃ、正当防衛だって主張は通るだろうね。今から戻って試してみる？」

「もう結構」

「なら、逃げて正解」

満面の笑みで、シャクティは前方を見すえた。

「刺激的だ！」

2　日本、旅立ちの前

——紅《あか》い満月が、不穏に輝いている。

わたしは窓を細く開け、流れ込んでくる夜気を嗅《か》ぎ、文庫本の頁《ページ》をめくる。ハインラインは好きだけれど、今夜は目が滑った。照らすのは読書灯だけ。仄暗《ほのぐら》さが心地よかった。静かで気怠かった。

眠ってしまいたい夜なのだけれど、月明かりで意識が冴《さ》えている。香りのいい珈琲《コーヒー》を淹《い》れ、夜更《よふ》かしを決め込む。闇色《やみいろ》のリベリカは格別の味わいだ。

どこかで物音がした。頁をめくる手を止め、時計を見る。午前零時を過ぎていた。

文庫本を枕元《まくらもと》へ置いて、ベッドから抜け出る。

わたしと母が住んでいるのは郊外の借家で、築三十年近く経《た》っていたけれど状態は良くて、母娘《おやこ》で小奇麗にして住んでいた。周囲は人家もあるが、畑と山ばかりが目立った。

都心までは私鉄一本で出ることができて、駅前の商店で大抵のものは贖《あがな》うことができる。母は実に質素な生活をするほうだけれど、時々は一人旅に出ることがあって、またどこかへ出かけるため数日前から旅支度をしていた。趣味はそれくらいで、だからこそこうした静かな暮らしに介入する者はなく、来客の可能性は考えられなかった。

先ほどの物音が気になる。この時間、周囲に住むお年寄りは眠りについているはずだ。

また、かたりと物音がした。ずっと近くで聞こえた。誰かが、うちの玄関先にいるようだった。まさか不審者だろうか。わたしの部屋は二階だ。外気を入れるため開いていた窓から外を見た。

雨雲は夕刻にやってきて、すべてを洗い流して去っていた。

雨上がりの匂《にお》い。ひんやりした風が流れて、耳にかかった髪を流した。うっすらと汗をかいていた。

表の通りは夜闇で見通しが悪い。家の前の街路灯が、スポットライトみたいに通りの一角を照らしている。濡《ぬ》れたアスファルトが、光を乱反射していた。

誰かが、そのスポットライトへ向かって歩いていった。

今夜の月が紅いせいか、渦巻く霧が濁っている。光と影の境界が曖昧《あいまい》になっていく。

街路灯の光が、ほんの一瞬だけその横顔を照らした。

——母さん。

胸がざわつく。どうしてこんな時間に母は外に出てきたのだろうか。いつもなら、とっくに眠っている時間だ。

母が向かう先、闇に溶け込むようにして一人の女が立っていた。

長髪で、背は高めだ。

母は躊躇《ちゅうちょ》のない足取りで、その影に向かって歩いた。スポットライトの端に、自分の身体が触れるくらいまで来て足を止める。

何事か、女が母に話しかける。何を云ったのかは聞き取れなかった。

母が女に返した言葉もわからなかった。潜められた声のせいばかりではない、それは日本語の会話ではなかったからだ。

二人は短い会話の後、街路灯を避けるように、母屋《おもや》ではなく庭の方へ向かった。そこには今は物置代わりに使われている納屋《なや》があった。板を張り合わせて作ったような粗末な小屋だけれど、人目を避けて密会するには都合がいい。

わたしは自室を出ると、階下へ降り、玄関へ向かった。三和土《たたき》には、母とわたしのローファーが並んでいる。いつもならそこにあるはずのサンダルが無い。母がつっかけて出て行ったのだろうか。奇妙に感じた。母はサンダル履きを嫌っていて、普段使うのはわたしだけだったからだ。

とにかく、気が急《せ》いて、素足にローファーを履いて玄関から出た。納屋のほうを見ると、板の隙間《すきま》からかすかに灯りが漏れている。

足音をたてないように——どうしてそんなふうにしたのか自分でもよくわからない。普通の来客であれば、母は母屋の客間に通すはずだ。そこに何か秘密めいた匂いを感じたからかもしれない——近寄った。

正面の戸ではなくて、小屋の側面に回った。壁板は隙間と穴だらけで中の様子がうかがえた。

古いランタンの薄暗い光の中で、二つの影が対峙《たいじ》していた。

低く抑えた口調の会話が漏れてくる。やはり何を云っているのか、内容まではわからない。

話し合いは少しの間続いた。

会話の口調が激しくなった。

激昂《げっこう》する声。

ちらついた灯りは光量が足りず、対面する人物の顔を影で覆《おお》っている。

ただ、ひきつった唇に、鮮やかな紅をひいているのが異様だった。

まるで現実感がない光景。わたしの覗《のぞ》き込んでいる板の隙間の向こうに、もうひとつ別の異世界があって、そこで不気味な出来事が進行している。女の赤く塗られた唇が歪《ゆが》む。Ｂ級映画のワンシーンみたいに安っぽいのに、怖気《おぞけ》で背筋がぞっとした。

女が拳《こぶし》を振り上げた。

それは容赦なく振り下ろされる。か弱さなんて微塵《みじん》もなかった。拳はハンマーのように力強く打ち下ろされた。

何度も、何度も、単純な暴力が、嵐《あらし》となって荒れ狂った。

狂気じみた悲鳴と、ガラスの割れる音。古いランタンが落ちて、炎が一気に吹き上がった。枯れ木のように乾いた納屋は、たちまち火の海になった。目の前の板が、火の粉を発して弾《はじ》ける。わたしは顔をそらして半歩下がった。

我に返り、母屋まで走った。玄関から飛び込んで、電話機にすがりついて、一一九番に電話した。かなり混乱していたと思う。低く早口でしゃべって、それから受話器を放り出して、また玄関から納屋へ戻った。

納屋全体が炎に包まれ、もう手がつけられない。

強引に納屋の戸を開けると、火の粉が嵐のように押し寄せてきた。煙にむせながら中の様子をうかがう。母が倒れている。あの女の姿は見えなかった。母のところへ走った。

息を吸うだけで、鼻と喉が痛い。肺が直接焼かれているみたいだ。

あえぎながら、なんとか母の身体を抱き起す。

顔中が殴られて血塗《ちまみ》れだ。

肉が深くえぐられるようにして、指が切り取られている。

そして傍の血だまりに異様な肉塊が落ちていた。

切断された一本の指だ。

流れる血と炎が、紅く紅く、身体を染める。

それが、その夜のすべてだ。

母の話をしよう。

わたしが母から教えられた人生における教訓は、辛《つら》いことや困難に見舞われたら、なにくそ、と自分を奮い立たせなければならないということだ。これはだいぶ有効に機能する教えで、中学の卒業式で、嫌いな体育教師にとび蹴りを食らわし、病院送りにして叱《しか》られたときも、めげずにすんだ。

あんたは時々いかれてるね、なんて、友人のサエは云うけれど、わたしにしてみれば、いかれてるのは生徒の身体に触るのを指導と信じて疑わない教師の方だ。

こういう負けん気の強さと、困難をねじ伏せようという気性は、大方において母譲りだと思われる。その教えはわたしの中心で、確かに重要な位置を占めていた。

母はその気の強さは別にしても、周囲の人とは違って見えた。それは変わり者だというよりも、出自にまつわるところが大きかったのだろう。

母は、自分の弱みを他人に見せる人ではなかった。それは娘に対しても同じで、出生にまつわる話をしてくれたのは、わたしが物心ついて、幼子にするようなごまかしが通じなくなってからだ。

『わたしは香港人だったのよ。とても複雑な家柄でね』

――それは一八〇〇年代まで遡《さかのぼ》る話だ。

女性解放運動の一環、女学会に参画していた雪梅《シュエメイ》という女性が政変で清《しん》朝に追われ、マカオへ逃れたのだという。

これを機に、香港では女子の教育や組織の在り方は、社会問題として扱われにくくなった。だが、雪梅はあきらめなかった。

自らの子弟に教育を施し、やがて秘密裏に香港へ帰ってコミュニティを形成する。あの悪名高い九龍《クーロン》の北、回流移民と呼ばれる海外から香港へと帰ってきた人々のスラムに、雪梅の思想を実現した組織は根を下ろした。

それは女系の組織だ。

暗黒街に繁栄をもたらしたのはアヘン、賭博《とばく》、売春だ。そして、組織は娼館《しょうかん》に関わっているという。

『女性の解放運動に携わった人の末裔《まつえい》が、娼館をやってるわけ？』

わたしは憤然としたが、母は苦笑して、

『そうした単純な話ではないのよ』

『はあ？』

わたしが、わからないという顔をすると、

『……思うことはあるでしょうけど、わたしたちのルーツはそこにある。香港人として生きて、日本人の父さんと知り合った。それで日本にわたった……』

『母さん……』

『わたしにね、もしものことがあったら――そういうことを考えたくないのはわかるけれど、この先、何があるかわからないわ。何もなかったとしても、天寿を全うして、わたしのほうが先にいなくなるだろうしね――あなたを残していくことが心残りよ。この国で一人きりになってしまうことが』

『それは――ええ』

わたしは母の横顔を見つめる。母子家庭で反抗した時期もあったが、母の苦労を理解してからは、わだかまりもなくなっていた。

『もし、わたしに何かあったら、香港へ行って、わたしの骨をあの土地のどこかへ埋葬して欲しいの。そして、あなたは自分のルーツについて知るのよ』

『わたし、日本にいたい』

『そうするといいわ。あなたがそう決めているのなら。でもね、自分の血筋を否定することは誰にもできない。だからお願いよ』

『香港にはお祖母《ばあ》ちゃんがいるのでしょう？　お祖母ちゃんに今すぐ連絡するわけにはいかないの？』

わたしはそう勧めたけれど、母は悲し気に首を振って、

『わたしは家を飛び出した。難しい事情もあるのよ』

そう云ってから、母は迷うように視線を落とし、

『本当は云わずにおこうと思っていたのだけれど、やっぱりあなたには知っておく権利があると思う。だから、云うわね』

決意とともに、母は口を開いた。

『父さんは香港にいるのよ――』

その後、母は、予期していたような不慮の死を遂げた。

犯人は捕まらなかった。焼け落ちる納屋から母を助け出すことはできず、わたしは脱出するしかなかった。母屋は延焼を免れたものの、納屋は完全に焼失し、得られるはずの手掛かりも失われた。わたしは目撃したことを警察に話したが、それでも捜査は進展しなかった。わたしは母と犯人の会話の様子から、母を襲ったのは外国人だと確信していた。

もう、犯人は外国へ逃亡したのだろう。国内の警察には捕まえることができないのだ。事実として捜査は進展する様子を見せず、一向に犯人逮捕の報は聞かれなかった。

ひっそりと葬儀を終え、遺品を整理して、わたしはひとり寂しく家に残された。

母が懸命に働いて、お金を残してくれていたことが幸いして、進学したり、自分の道を探すための余裕はあった。そうすべきだと友人知人は勧めてくれたけれど、それはひ

とまず脇《わき》に置いておいて、母との約束を果たすべきだとわたしは考えた。

それで、香港への旅を決めたのだ。

蘇《す》芳《おう》の国の風姫《かぜひめ》。

組織はそう呼ばれている。

風姫は香港で女性を中心とした非合法コミュニティを形成して、裏社会で地位を築いているらしい。

――これは、ようするにマフィアとかそういう類《たぐい》なんじゃないの？

わたしがそう考えずにいられなかったのは、母から伝え聞いた祖母の印象や、香港や中国社会に対して、あまりいい印象を抱いていなかったからだ。

亡くなった母から、現地の連絡先は聞いていた。まずは確認をしておこうと考えて国際電話でそこへ電話した。電話口に出たのは祖母ではなくて、祖母の秘書をしているという女性で、幸いにも日本語が堪能《たんのう》だった。

日本語が通じなかったらどうしよう？　香港はイギリスの施政下にあるから、英語は通じるはず。ヒアリングと筆記には自信あったけど、発音の方はさっぱり。カタコトの英語で通じるかしらと、あれこれと思い悩んだのが莫迦《ばか》みたいで、すんなり話は進んだ。

秘書の人は、祖母にこちらの意図を伝えてくれたらしいが、どうも祖母は電話口に出るのを嫌がったらしく、最後まで話をしたのは秘書の人だ。

どう考えても歓迎されている態度ではなかった。電話を切った直後は、後悔で顔を覆った。外国へ男と駆け落ちした娘の子供が、母が亡くなったと国際電話をかけてきたのだ。相手がマフィアであれば、なおのこと、歓迎する理由があるとは思えなかった。

母の遺言とはいえ、これは軽率な真似《まね》をしてしまったと思ったが、数日後に少なくない渡航費用が、小切手で送られてきて驚いた。

それには祖母の自筆の署名もあった。

流麗な字で、『雪麗』とある。

母が教えてくれたので、それがシェリーと発音するのだというのはわかった。

わたしの祖母、仏系香港人で、風姫の長《おさ》だ。

――母さん。

簡素に整えられた母の遺影の前で、わたしは嘆息した。遺品整理は済んでいたけれど、いくつかの品は手つかずのままにしていた。母の痕跡《こんせき》をすべて消し去ってしまうことへの迷いがあったからだ。

特に大切にしていたジュエリーボックスの中身はまだ見ていなかった。くすんだ緋色《ひいろ》の上品な革製の箱は、わたしが幼いころに悪戯《いたずら》をしようとして、こっぴどく叱られた覚えがある。それもあって、触れることを避けていたのだけれど、今ならゆるされるだろう。

開けてみると、封じられた微かな母の匂いが感じられた。寂しさを覚えて瞑目《めいもく》する。感傷を引きずりながら、そこに収められた品々を確認した。指輪やネックレス、どれも見知った品だ。ふと、奥にある奇妙な四角いものが目にとまった。指先でつまんで見ると、どうやら動物の骨を四角く切り出した、麻雀《マージャン》の牌《パイ》らしかった。

『發《ハツ》』と印字された牌をつまみあげて、わたしは首をひねった。

『いつか、香港へ帰るときがあったら——』

母の声が思い出される。

『——これを持っていきなさい』

一度だけ、見せられたことがある奇妙な品だ。

『なあに、これ？』

『あなたに必要なもの』

『麻雀の牌？』

『いつか、あなたが真実を知るときが来る。これは、その助けになる』

母は、わたしの知る限り、賭《か》け事の類に興味を示さなかったし、麻雀をしているところなど見たこともない。本人の口から、麻雀についての話を聞いたこともなかった。なぜ、母はこんなものを持っていけなどと示唆《しさ》していたのだろうか。

手の中で牌を弄《もてあそ》ぶ。わたしも麻雀についての知識はないけれど、この牌は母が香港から持ち込んだものではないかという気がしていた。日本のものとは少し違っているように思われたし――後できちんと調べて、大きさが違っているのがわかった。日本の牌よりも大きくて、中国や香港で使われるゲタ牌と呼ばれているものだ――それは母の出自からしても納得できるように思えた。

それに、牌はどこか普通と異なる感覚があった。大きいことを差し引いても、見た目のわりに重くて、何か秘密がありそうな、そんな気がした。

とにかく、母が無意味な示唆をしたとは考えられなかった。そういう性格の人ではなかった。これは母なりの考えがあって託された品だ。

わたしはその牌を自分の荷物のひとつとして、手持ちのパスポートと一緒に旅行鞄《かばん》へ忍ばせた。遺品整理で見つけたそれは、母に背中を押されているような心地にさせた。

それで粛々と渡航準備を進めた。

海外へ骨壺《こっつぼ》ごと持ち出すのはどう考えてもうまい考えではなかった。こういったものを持って飛行機に乗れるのかどうかわからなかったし、荷物の検査で引っ掛かってもめたくなかった。それで、持っていくのはほんの欠片《かけら》程度にすることにした。事件の時、指が切り落とされていたから、その骨を手のひらに収まる程度の小さなガラス瓶に入れた。白い欠片は小石のようで、このくらいであれば咎《とが》められないだろう。

すべての準備を終えて、わたしは空港から香港への機上の人となった。

それは初夏を迎えるころの話だ。

3 香港、夜

シャクティ・サマンサは色々な意味で常識はずれだ。

本人の談によると、彼女はインド系香港人で、シェリーの妹がインド人に嫁いでできた娘の子という位置づけになるらしい。もっとも、一緒にいるうちに、この本人談がとても怪しい話で、信憑《しんぴょう》性があるかどうかは疑わしくなっていた。

シャクティ・サマンサという名前が、まずちょっと変で、ヒンドゥー教の用語を使って、自分で適当に捏造《ねつぞう》したのではないかとさえ思う。

ただし、香港人はイギリス施政下において、ほぼ例外なくイングリッシュネームを持つそうで、彼女にイングリッシュネームをつけた人物が——たいていは親や教師であるそうだけれど——鷹揚《おうよう》な人で、些末なことにはこだわらなかった可能性は高い。本名のほうは本人以外に知っていそうな人はいなかった。

とにかく、出自を疑うほど、本人の感性におかしなところがあって、行く先々でトラブルを起こしていく迷惑型の人間のようだった。

たとえば、シャクティはエキゾチックで人目を惹《ひ》く容姿なのだけれど、非常な男嫌いで、ナンパされるのを嫌がった。声をかけられると、相手をにらみつけて、それで退散しないような輩《やから》は問答無用で殴った。彼女は右手にボルトナットみたいなゴツイ指輪をいくつもはめている。それは喧嘩《けんか》用なのだ。だいたい、それで殴られた男は歯を折られた。

　わたしはこうした人間とあまり親しく付き合いたいとは思わないのだけれど、シャクティに関しては、自分と同じ血筋の人間だからなのか、妙に馬が合ってしまった。

　喉が渇いたので、露店で飲み物を買う。

「これがオススメ。飲んでみて」

「なにこれ？」

「鴛鴦茶」

「ユンヨンチャー？　ミルクティーってこと？」

「違う。紅茶と珈琲《コーヒー》を混ぜて、練乳とかも入ってる」

「あまーい、すごく甘い、甘いよ、これ」

「うん。疲れたときって、こういうの欲しくなるんだよね」

「わかる」

　万事がこんな調子だ。

　香港の人なのに、日本語が堪能なのは、彼女がもとは大陸にいて、上海の日本の租界地——正確な意味で日本の租界地は上海に存在しないが——の出身だからだ。世界各地に日本人のコミュニティは存在し、その末端はこの香港にもある。

　イギリスやフランスのように、あからさまな植民地型ではないが、地域に密着してこの場所に定住した日本人はいたということだ。

　風姫は、日本人コミュニティと親密な関係にあるようだ。どうも、このあたりもわたしの出生に関係していそうだ。

「まあ、色々な人がいるってことだよ」

　シャクティはオープンカーを飛ばしながら、そんなふうに大雑把な説明をした。

「広東《カントン》系の中国人が大半だけれど、イギリス人、フランス人、他のアジア系の国の人たち、あたしみたいな混交もいる。フーみたいな回流移民だって珍しくない」

「わたしは日本人よ」

　否定すると、シャクティは首を振って、

「ここではそんなふうに見られないよ。フーのお祖母ちゃんは仏系だし、その後にアジアの血が混じっても、やっぱりルーツってやつは消せないもの」

「ルーツか」

　わたしは母の言葉を思い出した。自分の血筋を否定することはできない。それは、今の自分の生き方を肯定することとは別の話だ。

「あなたみたいな乱暴をするのが、わたしの血筋かしら」

「あれは痛快だった」

シャクティはまた笑う。

「いつも、あんな武器を持ち歩いているの？」

「ブラックジャックのこと？　まあ、護身用だね。スラムは安全じゃない場所だから」

「マフィア、なの？」

わたしは恐れていた質問をしてみた。

「フー、あのね」

シャクティは唇を舐《な》めて湿らす。彼女の濃紫のルージュが艶《あで》やかに濡れる。目だけこちらをちらっと見て、

「これから先、そういう質問はなし」

「オーケイ」

わたしは彼女の態度で察した。

「フォンジェンは、コミュニティと共存している。そのあたりのことは、シェリーに会えばわかるよ。あの人に会いに来たんだろ？」

「そうよ。お祖母ちゃんに、母さんの骨を渡すの。そういう約束だから——」

「死んで蘇芳に帰る、か」

シャクティは、少し笑った。嫌味な感じじゃなくて、乾いていて、憧憬《しょうけい》を含んでいた。

「死んで里帰りはおかしい？」

「違う。うらやましい」

「どういう意味？」

「フーのママは、一族の長の娘だったんだ。次のリーダーだと目されていた人が、外国人と大恋愛して駆け落ちしたんだよ。シェリーは激怒してね、あいつを殺すって云って、銃を持って追いかけたんだって。かなりの大立ち回りをして、二人は日本に逃げた」

「ええ？　そんな話なの？」

　わたしは驚いた。それが本当なら、母はずいぶんと穏当にことの次第を脚色して、娘に伝えたのだということになる。

「大昔の話だよ。事実なのかどうかわからないけど、ママに子守歌代わりに聞かされたから、結構あこがれた」

「もしかして、わたしって歓迎されていないの？」

「そうだったとしたら、あたしはフーの迎えに来てないね」

「そう、よね」

　わたしは事前に連絡し、相手は渡航費用まで出してこちらへ招こうとした。意図はともかく、招かれざる客というわけでもないだろう。

「ここを自由だっていうやつらはいるけど」

シャクティは、ちょっと首を傾けて周囲を見るように促す。

あたりは夕暮れ時に差しかかっていて、赤銅色《しゃくどういろ》から濃い藍色《あいいろ》に変わりつつある。街の陰になって、夜の早い場所はきらびやかなネオンが輝きだしていた。広東語、英語、よくわからない国の言葉が羅列した無秩序な看板の群れが、エキゾチックなジャングルを形成している。むっと濃密に香る人々の息吹が感じられた。夜の闇が近づくと、いっそう生命力を増して、街は別の貌《かお》を見せ始めていた。

「ここにはここのルールがある。名目上はイギリス租界だとしても、牛耳ってるのは別の連中なんだ」

「コミュニティってことよね」

「まあね。各自がそれぞれのルールを適用している。租界に影響力のあるコミュニティは、自分たちのルールでもって、金もうけをして、それを押し付けてくる。ここに自由なんてないんだ。あるのは、エゴと金もうけだけだよ」

「シャクティは、香港が好きじゃないのね」

わたしがそう云うと、シャクティは曖昧に首を振って、

「……好きだよ。だから、変えたいって思ってる。いや、違うね――」

彼女の言葉に呼応するように、車のエンジン音が一段と高くなり、きつい加速で身体がシートに押し付けられる。

「壊したいって、思う」

香港に夜が訪れた。

活気に満ちた極東の混沌《こんとん》。

広東語と英語が混然となって輝くネオンの群れ。ノイズ雑《ま》じりのラジオ。蒸し暑さと、濃密な漢方、海鮮、酒、たばこ、人々の体臭などが入りまじった空気。

車は流れる景色の中、巧妙に継ぎ接《は》ぎされた建築群を抜け、やがてさびれた古風な街並みが目立つようになる。ひしめき合うような貧家。狭い路地に無秩序に竿《さお》を渡して洗濯物が干されている。文明化された街と、そうでない街の境界となる橋を渡った。

シャクティが、

「もうすぐ着くよ。蘇芳酒店ってホテルが目的地」

「そこにお祖母ちゃんがいるのね？」

「うん」

「お祖母ちゃんってどんな人？」

祖母と面識はない。母とずっと二人きりだったので、母の母というのがどういう感覚なのかもよくわからない。その人となりは気になった。

「フォンジェンの今のリーダー」

「それだけ？　もっと他にあるでしょう？」

「厳しい人かな。それに現実主義者」

「気難しい感じ？」

わたしがそう聞くと、シャクティはあいまいに首を振った。

「実を云うと、あたしもよくわからない。表に顔を出す人じゃないから。シェリーはね、昔の抗争で大けがをして、その傷跡が残ってるんだ。だから、あまり人に会いたくないんだよ」

「ふうん」

事前情報の収集は実のあるものではなかった。車は緩やかに減速をはじめる。

「正面に着けるから、ロビーで用件を伝えると良い。日本語が通じるからだいじょうぶだよ」

「ありがとう。迎えに来てくれて、とても助かった」

「お礼なんていいよ。興味あって自分から志願したんだ。フーの迎えに行きたいってね」

シャクティは、悪戯っ子のような顔をした。

「え？　どうして？」

「シェリーの孫娘を見てみたかったし、それにフーがもしその気になるなら、フォンジェンが抱えてる矛盾だって解決するかもしれないと思ったから」

「矛盾？」

わたしが発した問いは、急ブレーキによってかき消された。見れば、眼前にフランス風ルネサンス様式の洋館が現れていた。

「豪勢ね」

「もとは、フランス人の弁護士が建てた屋敷だって話だよ。このあたり一帯に回流移民が流れ込んだときに、放置されたのを、ちょっと乱暴な手段で占拠したんだって」

「乱暴な手段ねえ」

それがどういう手段なのか、あまり聞かないほうがよさそうだ。

「ほら、これ荷物」

シャクティはわたしのトランクケースを地面に降ろすと、車の運転席へ戻った。

「また会える？」

なぜか、この粗暴な印象のある娘と別れるのが惜しい気がして、わたしはそんな質問をした。ひとり海外にやってきて、心細い気持ちが手伝ったのかもしれない。

「縁があればね」

シャクティのそっけない答えにわたしは少し落胆した。彼女は車を切り返して、もう

一度車を止めて、

「ねえ、お腹空《なかす》いてる？」

「え？　うん」

「シェリーと会った後、ご飯行く？」

「いく」

即答していた。

「車を駐車場のほうへ回して、ロビーで待ってるよ」

「オーケイ。お祖母ちゃんに会ってくるわ」

「ああ――」

シャクティは何かを思いついたように、「それ、やめたほうがいいね」

「それって？」

「お祖母ちゃん。シェリーの機嫌を損ねたいんだったら別だけど」

「注意する。ありがと」

わたしが礼を云うと、シャクティはひらひら手を振って車を発進させた。

ホテルの前に一人残されたわたしは、トランクケースを引きずって、やたらと豪奢《ごうしゃ》な西洋式建築の中へと踏み込んだ。

4　シェリー

豪華絢爛《けんらん》なロビーに眩暈《めまい》がした。天井からはきらびやかなシャンデリアの光が注ぎ、磨き抜かれた床が輝いている。床の模様は精緻《せいち》で、中央に五枚の花弁を意匠化した模様が描かれていた。奥にある受付の背後に、壮大な龍《りゅう》を浮き彫りにした飾りがある。東洋と西洋がうまく融合していて、雰囲気の良いホテルだ。

ロビーの受付にいた女性に自分の名前と要件を伝えた。シャクティの云うとおり、日本語で問題なく意思疎《そ》通《つう》できた。きちんとしたスーツを着こなした女性は如才ない様子でどこかへ電話をかけ、それからわたしを二階の応接室へ案内した。

その部屋は完全な東洋風で、黒檀《こくたん》の円卓と、周囲に様々な大きさの花瓶に生けられた花が飾られていた。わたしは大きな丸椅子《まるいす》に座って、しばらく待たされた。

室内の調度品は、よく見るとどれもがチャイニーズ・アンティークで、年月を経て磨かれた最高級品であることがうかがわれた。飴色《あめいろ》になった家具の彫刻には、魚が数多く意匠化されている。魚と余という字が同音で、裕福を意味するためだ。

祖母の財力は、いきなり連絡してきた孫娘に渡航費用を渡してきたあたりで察せられたが、それにしてもとんでもない。どれだけ悪いことをすれば、この暮らしを手に入れられるのだろうか。自分が場違いなところに放り込まれた気がして、落ち着かなかった。

じっとしていられずに、立ち上がって壁際《かべぎわ》の古いショーケースに近寄ってみる。昔の紙幣が、切手のコレクションのように並べられていた。その隅に、ひとつだけ写真立てが飾られている。写真には二人の女性が映っていた。ひとりはチャイナドレスを着た白人女性で、もうひとりは――

「わたし？」

「蘭玲《ランレイ》――つまりは、あんたの母親の若い頃の写真だ」

振り返ると、白仮面をつけた女性が立っていた。写真の中にいたのと同じチャイナドレスを着ている。驚くほど綺麗な白金色《プラチナいろ》の髪に、日に焼けた肌。顔の半分ほどは白色の仮面で覆っているが、そこから覗く眼は大きくて力強かった。

言葉を発するまで気がつかなかったのに、今は圧力を感じるほど存在感がある。あっけにとられていると、

「そいつァ、十九年前、つまりランレイが出奔する前に撮ったものだ。わたしに似ちまったのか、どうにも向こう気が強い娘で、手を焼いたもんだよ。娘っ子は何人も引き取って育てたもんだけど、自分の娘だけはうまく育てられなかった。なんとも皮肉ってやつだよ」

「あなたが？」

　わたしは、驚愕《きょうがく》のあまり、あいた口がふさがらなかった。

「あなたがお祖母ちゃん？」

「ランレイにだって、普段は母さんだなんて云わせなかったんだ。この小娘は、いったいどうしてくれようかね？」

　すっと大きな眼が細められた。深いアイスブルーの瞳《ひとみ》に殺気がみなぎっている。わたしは居住まいを正して、

「ごめんなさい、そんなふうに見えなかったという意味です。わたし、母から詳しい話は聞かされていなかったのです」

「……まァ、そうだろうね。ランレイが、昔のごたごたを、娘に詳しく話して聞かせていたなんて思わない」

　雰囲気が緩んで、わたしはほっとした。それにしても、この人はいったいいくつなんだろうか。母は十八で父と結婚してわたしを生んでいるから、かなりの早婚だ。それを考慮しても五十代半ばを過ぎているはずなのに、見た目はぜんぜんそんなふうに見えない。仮面で顔の半分を覆っているけれど、それでも口元にしわひとつなかった。十九年前だという写真の当時でさえ、母娘の姿には見えない。せいぜいが姉妹だろう。今、眼前にいる祖母はまったく老いているふうではなくて、写真の当時の姿のまま抜け出してきたような印象がある。

西洋人の血が濃く、日本人として育ったわたしからすると年齢を察しにくいのはあるかもしれないが、それにしても常識外れだ。写真と同じように並んでみたとして、わたしとこの人を、祖母と孫娘だと信じる人はいないだろう。

「気になるかい？」

彼女は、おもむろに仮面を脱いだ。息を呑《の》んだ。あらわになった素顔には、火傷《やけど》のような爛《ただ》れの痕《あと》があった。醜いとは思わなかったけれど、怖いとは思ってしまった。

「すまないねェ。このとおり、素顔には、昔コミュニティと争ったときにできた傷がついているんだ。あんまり人前にさらしたくはない。わたしも女だからね。よくよく察しておくれ――」

仮面を被《かぶ》り直して、彼女はわたしのほうをちょっとうかがった。わたしは挨拶《あいさつ》すらもしていないという、自分の不躾《ぶしつけ》な態度に気がついてあわてた。

「申し遅れました。わたし、新垣風です」

「わたしがシェリー」

そう云って、祖母――シェリーは、上座に腰を据えて脚を組んだ。身にまとう真紅のチャイナドレスには深いスリットが入っていた。

「蘇芳の国の風姫をまとめている」

「蘇芳……」

「そんなところに突っ立ってないで座りなよ。この部屋に来る前に、ロビーの床に花が描かれていたのを見ただろう？」

着席を勧められ、わたしはシェリーの向かい側に座る。彼女の話しぶりは流暢《りゅうちょう》で、日本語としては語尾にクセがあるけれど、落ち着いた声音のせいで気にならなかった。

「はい。五枚の花弁の模様ですね」

「そいつァ、蘇芳って花だ」

「何か逸話があるんですね」

「鋭い子は嫌いじゃない。そのとおり。蘇芳には逸話がある。昔、三人の兄弟が財産を三等分しようとして、庭木の蘇芳まで三つに分けようとした。でも、木が枯れそうになったので、切るのをやめたという故事に基づいている。同株のものが分かれてはならないという教訓なのさ」

「香港、ですね」

わたしが指摘すると、シェリーはうなずいた。

「ここは大陸から切り離された場所だ。外国勢力によって、今も分割されている。返還が決まっていて、いつか戻るのはわかっている。そのことの是非をどうこういうつもりもない。ただ、分かたれた者の孤独を忘れないのは大切なんだ」

「分かたれた者の孤独……」

「国家にも民族にも帰属意識が薄く、切り離された世界の欠片で、居場所を守るために戦わざるを得ない人間もいる」

「それでフォンジェンを？」

「つくったのは、わたしよりずっと前の人たちだよ。わたしは引き継いで、それを守ってきたにすぎない。——ここが何をしているところかわかるかい？」

「……マフィアですか？」

　わたしは、迷ったけれど率直に云ってみた。シャクティは否定していたけれど、やはりそうじゃないかという疑念は拭《ぬぐ》えていなかった。

「幇《パン》ではないねェ」

　そう云って、シェリーは円卓の盆に置かれた古風な鈴を手に取った。それを振って鳴らすと、廊下の扉から給仕らしき女性があらわれて、シェリーとわたしの前にお茶の入った杯をおいて退出した。

「ここにきて、男を見かけたかい？」

　お茶を勧めて、シェリーは聞いてきた。

「いいえ、そういえば、女性ばかり——」

「フォンジェンは女系のコミュニティだ。暗黒街を抱える香港で、金を得ようと思えば、アヘン、賭博、そして売春に手を出さなければならない。娼館ほど、女の権利と無縁の場所はないだろう？　だからこそ、わたしたちのような存在も必要になる」

「フォンジェンは娼館を営んでいると――」

「それは正確じゃないねェ。健康を害したり、逃亡を図ったり、営業元ともめたり、惑う女には手助けが必要になるだろう？　わたしたちは暗黒街からもあぶれた者の居場所になっている。女の寄り合い所帯だよ」

「それで、こんな贅沢《ぜいたく》を？」

「ここはわたしが経営してるホテルと食堂だよ。幸い、商売はうまくいっていてね、こうしてよい暮らしができている」

「マフィアとのつながりがあるんじゃないですか？」

「暗黒街の顔役とはなじみだよ。わたしはね、黒を白く塗りつぶそうなんて考えていない。それが可能だとしても、膨大な時間と手間がかかる。それより先に、現実に対応するべきだと考えたんだ」

「現実に対応……」

わたしは少し納得がいかなかった。云いたいことはよくわかるけれど、それでもなお――

「あんたも、ランレイと同じだねぇ。向こう気が強くてさァ。迎えにやったシャクティとは話したかい？　あの子も納得しなかった」

「シャクティが……」

「でもね、人には器量ってものがある。わたしはわたしにできることとして、蘇芳の逸話を教訓にし、この場所を守っているんだ。そうしていれば孫娘が帰ってきてくれることもあるからね」

　問いかけるような眼差《まなざ》しを向けたのは、あの古い写真だった。

　最初に受けた祖母の印象は、怖い人という感じだった。話すうちに、わたしは彼女の考えのすべてを肯定することができないのに、なぜか好感を抱いていた。血が繋《つな》がっているせいだろうか――

「母が亡《な》くなりました」

　わたしはそう告げて、持ってきた手荷物の中で、とりわけ厳重に布でくるんで、底に隠していたものを取り出した。小さな瓶で、遺骨が入っている。

　シェリーはそれを無言で受け取った。

「……すぐ帰るってわけでもないんだろう？」

　手の中に小瓶を包み込んでから、シェリーはそう聞いてきた。

「母が、亡くなる直前に云っていました。父さんが生きているって。それは本当ですか？」

　わたしの問いに、シェリーは難しい顔でうつむいた。

「生きているんですね？」

「あの男は死んだ」

シェリーは顔を上げて、わたしを諭すように、

「死んだんだ、間違いなくね」

「嘘《うそ》よ」

わたしが食い下がると、シェリーは首を振って、

「生きていたら、どうするっていうんだい？」

「母が亡くなったと伝えないといけません」

「そんなことに意味はない。二人はとっくに別れているんだからね」

「わたしの父なんです。会わせたくない理由でもあるんですか？」

わたしは問い詰めたけれど、シェリーは歯切れが悪かった。

「そうではないんだけれど」

「わたしは幼いころ、父は死んだと聞かされました。それで、母とずっと二人で日本で暮らしていたんです。どうして、父は母と別れて、この香港へ？」

「さあね。理由なんて——」

「母が襲われたことと、父に何か関係があるんですか？」

わたしはずっと抱いていた疑問を口にした。

「あったとしたらどうだっていうんだい？」

「母を襲った犯人を知ってるんですか？」

「知らないさ」

「じゃあ――」

「復讐《ふくしゅう》でもしたいのかい？」

　シェリーは頭を振って、

「やめておきな」

「母は、わたしが真実を知るときが来るって云ってました。父のことがそれなんですか？　わたしに隠しておきたいことが他にも？」

「隠していることなんてない」

「これがなんだかわかりますか？」

　わたしは、母の遺品整理で見つけた麻雀牌を取り出して見せた。シェリーは身を震わせて、

「忘れられた品だ」

「これは何なんですか？　生前、母は香港に行くときはこれを持って行けって」

「もし、そう、父親のことを追えば、それが役に立つかもしれない」

「これが？　いったいどういうこと？」

「ランレイは過去を封じた。それを知る権利を娘だけに託した。わたしに話せることなんて、なにひとつありはしないんだ」

　シェリーは嘆息して、わたしの手に自分の手を重ねた。かすかに金木犀《きんもくせい》の香りがする。

「因果だねェ」

5　ホンファ

「一発殴ってやらないと」

鶏蛋仔《ガイダンジャイ》という、たまごカステラにわしっと噛《か》みついて、その風味の良さを味わいながら雑然とした屋台通りを歩く。横で同じように鶏蛋仔を持ったシャクティは猫舌らしくて、ふうふう息を吹いて冷ましながら少しずつ食べていた。

シェリーとの会見の後、わたしはシャクティと合流して食事に出かけた。といっても香港の勝手などわからないので、彼女に行き先を任せたら、洒落《しゃれ》た店に入るより、そのあたりの屋台で食べ歩きをしようと云いだした。

それは魅力的な提案だったので、わたしたちは下町の屋台通りへ繰り出したわけだ。

野球の球みたいに大きいシュウマイを楊枝《ようじ》でつまんで頬張り、ワンタン麺《めん》の蝦雲呑《えびワンタン》をはふはふしながら、わたしは憤然と続けた。

「おかしいって思わない？」

「まあ、そうだね――」

シャクティも、ワンタン麺をはふはふしながら、

「――親父《おやじ》さんを探すあてはあるの？」

「……ない」

「写真とか、住んでる場所とか」

「ぜんぜん知らない」

「あきれた」

シャクティは肩をすくめて、「アラガキって名前だけで、この香港のどこかにいる親父さんを探そうっていうのか」

そう云われて、わたしは少し考えた。

「ねえ、シャクティ、麻雀ってわかる？」

「なんだよ、いきなり」

「これがどういう品かわかる？」

わたしは日本から持ってきた『發』と印字された牌を手渡した。母のジュエリーボックスに仕舞われていた品。祖母であるシェリーは、父親のことを追えば、それが役に立つかもしれないと云っていた。もっと具体的な答えが欲しかったけれど、シェリーはほのめかしただけで、それ以上は語ろうとはしなかった。

答えは自分で探せ、ということだ。祖母も母も、まったくもって自立を尊重しすぎている。

「うーん？　香港の牌みたいだけど……」

「母さんのジュエリーボックスに入っていたんだけど、もしかすると何かの手掛かりになるかもしれないと思って持ってきたの。母さんは生きているときに、香港へ行くときにはこれを持って行けって云ってたし、シェリーは父さんに関係あるような話をしてた」

わたしの説明を聞きながら、つまみあげた牌を観察したシャクティは肩をすくめ、

「これだけじゃ手掛かりになりそうもないよ」

「そっか。まあ、期待してたわけじゃないけど」

わたしは、シャクティから返された牌をポケットに戻した。

「親父さんを探すのは無謀だね」

「時間はあるわよ。母さんの遺言通りにしたら、あとはもう自由なんだから」

「はいはい、まったくそのとおり」

シャクティは応じながら、熱々のワンタン麺に苦戦していた。

「……シャクティ、ご両親は？」

わたしは食事が一段落してから、そんなふうに聞いてみた。

「死んだ」

「そう」

わたしはシンプルに納得した。

「食うに困ってね。つてを頼って香港に来た。そのつてっていうのが、シェリーってわ

け」

「それで、フォンジェンの一員に？」

シェリーは、シャクティも風姫の在り方に納得しなかったと云っていた。

「あたしは短絡的だからね。目の前の歪みってのが気になって仕方ない性分なんだ」

「わたしだってそうよ」

「親父さんをぶん殴ったら、日本へ帰るんだろ？」

「……それはその時に考える」

「フー、あのね」

シャクティは箸《はし》をおいて、

「親父さんに会って、一発殴って、ママを襲ったのが誰か聞き出そうって考えてない？ママの事件の理由が親父さんの側にあるって」

「事情を聞きたいって思うのは当然でしょう」

「復讐するつもりなんだね」

「——そこまでは考えてないけど」

わたしが答えると、シャクティは苦笑して、

「シェリーはよくわかってる。きっとランレイもフーとそっくりな性格で、操縦方法をよく心得ているんだ」

「どういう意味？　わたしが何か意のままに操られているとでもいいたいの？」

「そのとおりだよ。シェリーはなんだかんだ云いながら、ランレイの娘が愛《いと》おしいらしい。孫娘が帰ってきて嬉《うれ》しい反面、心配にもなったんだろうね」

「わたしのこと、止めなかったわよ」

「それに応じるような性格だって、フーは思われてないんだよ」

「だから、好きにさせてくれるってことでしょ」

「やめろって云っても、その通りにはしないだろうからね」

シャクティにそう指摘されて、わたしは言葉に詰まった。自分の性格に重大な欠点があるのは自覚していた。素直さの欠如とか、向こう気の強さとか。

「ようするにへそ曲がりなんだよ」

シャクティはあけすけに云う。「シェリーは娘を育てるときに、さんざん苦労させられたから、自分の血筋についてよく理解している。だから、フーに日本へ帰って穏当に自分の道を歩んでほしいって思っても、云いだせなかったんだ」

シャクティはワンタン麺に息を吹きながら、「性格は親譲りってわけ」

「……シャクティだって、人のこと云えないんじゃない？　わたしたち縁戚《えんせき》だし、シェリーもシャクティは向こう気が強いって云ってたわよ」

わたしは蝦雲呑のスープを飲み干して、頓狂《とんきょう》な顔をしたシャクティとまじまじと見つめ合った。キスできそうなほどの距離で、インド系香港人と、仏系香港人の血筋の日本人は相手を観察した。

　先に、ぷっと噴き出したのはシャクティだった。わたしも笑う。

「なにやってんだろ、あたしたち」

「お互いの変さの比べっこ？」

　わたしは、烏龍《ウーロン》茶で口直しした。香港の料理は美味《おい》しいけど油っけも強かった。卓に肘《ひじ》をついて、ちょっと雑踏のほうへ視線を向けて、

「ねえ、シャクティはどうしてわたしによくしてくれるの？　迎えに来てくれたり、食事に誘ってくれたり、こうやって話を聞いてくれたり」

「空港でさ、椅子に座ってぼんやりしてたじゃない」

　シャクティは、ようやく冷めた蝦雲呑を食べて、

「すげーいい顔しててさ」

「はあ？」

　はじめての飛行機でぐったりしていたから、わたしはさぞかし間抜けな顔をしていたはずだ。シャクティはよくわからない理屈を続け、

「ランレイにあこがれてたって話はしたでしょ。写真を見たり、昔の逸話を聞いたりして、それでフーを見たら、初めて会ったって気がしなかった」

「わたしもシャクティと初めて会ったって気がしなかった」

「親近感と共感性」

「結局、似た者同士って話に戻るわけね」

わたしはシャクティに同意して、とりあえず話題を戻した。

「――父さんを探すの手伝ってくれない？」

「無償で？」

「お金取るの？」

「あたしだってヒマじゃない」

「……いくら？」

わたしがそう聞くと、シャクティは値踏みするようにこちらをじろじろ見て、

「そうだね、フーに直接請求してもたかが知れてるだろうし」

「失礼ね」

「あたしの知り合いに、困ってる人がいるんだ。その人の話を聞いてくれたら、チャラにしてあげてもいいよ」

「話を聞くだけ？」

「一応ね」

「ウラがあるんでしょう？」

「まあ、そうだね」

「シャクティの知り合いの困ってることを解決したら、協力してくれるってことよね？」

「そこまでは期待してない」

「その人は、シャクティのお友達？」

「友達か……いや、どうだろうね。向こうは、あたしをどう思ってるかなんて気にしたことないだろうし、あたしも気にしたことなかったから」

「フォンジェンの人なの？」

「違う」

「何か、危ない感じなら、お断りしたいけど」

「危なくはないよ。危害を加えられるとか、そういう意味ではね。ただ、怖いとは感じるかもしれない」

「……わかったわ」

わたしは同意した。香港という見知らぬ土地で、名前だけを頼りに人探しをするためには、有能な現地ガイドが欠かせない。シャクティはそう云う意味では申し分ない人材だ。彼女の協力を得るために、多少のことは我慢しなければならない。

「それで、その人はいったいどんな人？」

「聖女、かな」

九龍のはずれに、朽ちかけた教会がある。再開発区域からも離れた地区で、香港のきらびやかなネオンとは対照的な貧民街だ。

シャクティの運転する車で教会の前に乗りつけると、

「昔、カトリック教会はマカオを通じて中国に布教活動を行っていた。でも、一般大衆への布教は思うように進まなくて、そのうちに方針転換をした。まず中国の指導者層に布教を行って啓蒙《けいもう》しようって考えたんだ」

「ここはカトリック教会なの？」

「正確には、聖母院のひとつだよ。いや、上海のカトリックタウンのほうの聖母院とは別で、つくったのも宣教師に学んだ豪商だったって話だ。今じゃ、すっかりさびれているけどね」

「こんな場所で――」

いったいどんな人に会わせようというのだろうか。シャクティの言葉が気になってついてきたけれど、香港中心部とは違った心《うら》寂れた路地と、灯りの乏しい貧民街の連なりに、気持ちがくじけそうになる。

「ここでは、あたしから離れないで。それと、中に入っても他人を気にしちゃダメだよ」

「オーケイ」

わたしは応じて、とにかくシャクティについていった。

教会の正面入り口から入ると、そこは礼拝堂で、祭壇まで粗末な椅子が連なっていた。内部はひっそりと静まり返っていて、祭壇付近だけが、天井のステンドグラスから入りこむ月明かりに照らされて明るい。

目が慣れるまで少し時間がかかった。無人だと思われたけれど、よく見ると座って祭壇を見つめる人たちがいる。礼拝の最中なのだろうか。それにしては静かすぎる気がした。

入り口の一番手前に座った人の姿が見えた。身体《からだ》の線がよくわかる服装で、化粧も濃い。一見して夜の商売にかかわる女性だと思われた。彼女は呆然《ぼうぜん》とした表情で祭壇を見つめている。その瞳から、一筋の涙が零《こぼ》れ落ちた。

「行くよ」

シャクティが、構うなというふうにわたしの手を引いた。

「でも――」

「よく見て」

シャクティは、女性の手元を見る。祈りのために組まれた手は、絶えず震えていた。

「禁断症状だよ。そういうこと」

「――うん」

言葉もなく、わたしたちはその場を離れて祭壇へ向かって歩き出した。人影はいくつも見えたけれど、誰もわたしたちを気にする素振りはない。

やがて、近づくにつれて祭壇の輪郭がはっきりとしてきた。簡素なものだ。ここには、カトリック教会特有の豪奢な装飾はなかった。蠟燭《ろうそく》の灯りに照らされるキリストの絵画や、十字架すらなかった。まるでプロテスタントのような質素さだ。

木製の祭壇の傍に、ひとりの女性が跪《ひざまず》いている。恰好《かっこう》からして修道女のようにも見える。聖職者なのだろうか。

「ここは忌《い》み者の祭壇」

凛《りん》とした声。

壇上で跪き、頭《こうべ》を垂れていた女性が立ち上がり、こちらを見ていた。

呼びかけは日本語だ。それは日本人観光客然としたわたしを意識したものだ。

「悪を為《な》しても、それを買えば赦《ゆる》される。あなたがそう考えておられるのであれば、そうされるといいでしょう。マルティン・ルターのように批判する人間性すら、もうここには在りはしないのですから」

東洋人の顔立ちだけれど、おそろしく整っていた。そして、容姿にも、声にも、話し方にも人間らしい何かが欠如していた。それが何なのか、とっさにはわからなかった。

「紅花《ホンファ》」

シャクティが呼びかけた。壇上の彼女はシャクティに気がついたようで、

「シャクティ？　めずらしいわね、誰か見捨てられた人がいるの？」

「違うよ。この子に会わせたくて、連れてきたんだ」

「その人は――ここにいるべき人ではないと見えるけれど」

「そうじゃないんだ。フーは、シェリーの孫娘なんだよ。ランレイの娘が帰ってくるって話は聞いているだろ？」

「あなたが――」

彼女はまじまじとわたしを見つめ、

「失礼しました。わたしはホンファ。あなたを――」

ゆっくりと歩み寄ってきて、わたしの手を握り、

「――あなたを待っていました」

表情を崩して笑う顔は透き通っていた。月明かりに照らされて、まるで現実味がないほど綺麗《きれい》だった。それでも、わたしが感じたのは、美人への憧憬《しょうけい》ではなかった。

彼女の左手には、六本の指があった。

　教会の小部屋に場所を移して、わたしたちは対面した。そこは客間というほど整ってはいなくて、雑然と荷物が積み上げられていた。どうも倉庫代わりに使われているらしい。他に適当な場所がないのだと、ホンファが詫《わ》びる。

「わたしたちには資金的な余裕がありません。ここを整備したり、豪華に飾り立てて、宗教的な権威を示したりすることはできません。あなたに礼をもって接するだけの余裕すら、無くなっています」

「ホンファさん、気を遣っていただかなくても結構です。ただ、わたしにその話をしても無意味ですよ」

「無意味？　いえ、意味はあります。あなたはシェリーの血縁者です」

「困ります。わたしに何か期待されても――」

　わたしは、ホンファから視線をそらしてシャクティを見た。シャクティは表情を動かさない。助け舟は期待できないらしい。詳細を聞かず、この場所へきたことを後悔しながら、

「――応《こた》えられないと思います」

「窮状を知って欲しいのです」

「助けが必要なら、行政に云うべきです。この香港だって統治者がいるでしょう」

「ここに税金を払っている人間はいません。あなたが考えるような社会秩序や福祉は存在しないのです。いえ、受けられる者がいないというのが正確でしょう」

「だからって、わたしに？」

「あなたは、フォンジェンのシェリーと直接話ができる人です。この香港で、そうした人は多くありません。お祖母《ばぁ》様と会ったんでしょう？」

「それが、香港に来た理由でしたから」

「であれば、わたしの考えは間違っていないということになります。窮状を理解していただき、フォンジェンに支援をお願いできないでしょうか」

「そんなことできません」

「あなたはフォンジェンの娘です」

「祖母に直接云ってください。人づてでもなんでも、できるはずです」

「相手にされるはずがありません。今までだって、何度も訴え、接触をはかろうと努力してきたんです。でも、だめでした」

「どうして……」

「ここは忌み者たちの集う場所だからです。下層の下層に堕《お》ちたものたちの果ての場所だからです。ここに来るときに見たでしょう？　アヘン中毒で廃人になった人たちの有様を」

「それは、ええ……」

「他にも病気を抱えたもの、堕胎や暴行で体を壊してしまったものも数多くいます」

「わたしにはどうしようもありません」

「フォンジェンのシェリーは資産家です。ホテル業と飲食業で大成功を収めている。幇とも良好な関係を保って、暗黒街では知らない人はいません。女系コミュニティのリーダー。そして、あなたはその孫娘で、彼女に意見できる立場です」

「祖母とは、今日初めて会ったんです」

「孫娘の意見なら、シェリーも耳を傾けるでしょう」

「ホンファさん、わたしはあなたにどんな約束もできません」

「……そうですか」

　ホンファは、嘆息して窓から香港の夜景へ視線を移した。悲し気な瞳に映る、きらびやかな光の群れ。

「お気の毒だと思います。祖母に支援を求める人がいるということは伝えておきます。でも、期待はしないでください。わたしには、本当に何の力もないんですから」

「……ありがとう。そしてごめんなさい。感情的になってしまいました。この教会は、本来は貧しい人を支援するために在ったはずでした。ところが、中国人とアジア系の回流移民が流入すると、フランス人の宣教師たちは、ここを捨てて移ってしまった。残されたのは、救いの手が必要な人たちばかり」

ホンファは、両手を胸の前できつく握りしめた。指が六本ある手が、血色が失われるほど強く、強く結ばれている。祈りの形にしては、それは歪《いびつ》すぎた。

「ホンファさんはどうしてここに？」

わたしは不思議に思った。奉仕活動に従事したり、無償で他人のために働く人がいるのはよく理解しているけれど、彼女の行動原理は別のところにあるような気がした。

「他人に奉仕する行為が不思議ですか？」

「そうではないですけど、強くこだわっているようなので」

「わたしの父は軍閥出身の事業家でした。母は白系ロシア人の難民で、ようするにわたしは愛人に産ませた子供です。母が体を悪くしても、父は冷淡でした。自分の周辺に愛人を決して近づかせようとはせずに、妻の目をごまかして家内の平穏を保っていたわけです。わたしも、愛されませんでした」

ホンファは、感情のない瞳で、自分の手を見つめる。

「おわかりでしょう？　こうした指の子供は、どういう目で見られるか」

「その、云いにくいですけど、手術とか――」

「わたしはこれをどうにかしようなんて、一度も思いませんでした。わたしはわたしの側に原因があるなんて自虐《じぎゃく》をするつもりはないんです。そう、原因があるのだとすれば――」

ホンファがこちらを見る。瞳に奇妙な輝きが見える。香港の夜景を映しているのではない。もっと黒々とした光だった。

「――この世界のほうではありませんか？」

「ホンファさん……」

「……関係のない話をしてしまいました。わたしは、自分が受けた仕打ちには耐えましたが、他人が虐《しいた》げられるのを見るのは耐えられない。それが奉仕の動機です。とにかく、フォンジェンの支援が必要なのです。シェリーの耳に弱い立場の人たちの話が伝わって、彼女が気を変えてくれるのを願います」

ホンファは、少し笑んで、六本指の手をわたしの手に重ねた。

「わたしたちを助けてくれる神など存在しない。人を救うのは経済的な支援です。公的機関が見放し、幇にごみ溜《た》めのように扱われた人たちにとって、女系コミュニティであるフォンジェンは希望です」

「何度も云いますが、わたしに期待はしないでください」

「わかっています。わたしたちに肩入れするどんな理由も、あなたにありはしない。それでも、なおお願いするしかないのです」

ホンファは、自らの手を見つめて、

「もしも、フォンジェンに支援を断られれば、わたしが『城』へいくしかないでしょう」

「『城』へいく？」

わたしは、『城』という、不可解な用語に困惑した。

「この指の一本を切り取れば、わたしにも『城』へいく資格が生まれる。皆を救うためには、それしかないとなれば躊躇《ちゅうちょ》はしません」

「指を切り取る？」

こちらの困惑をよそに、ホンファはつづける。

「この身を売り渡したとしても後悔しません」

教会を出た後、わたしは何ともいえない重いもので胸がつかえていた。

「ホンファに会ってくれて、感謝するよ」

車に戻りながら、シャクティは、「自分の力ではなんともならないものを抱えている人たちだっているんだよ。フーは期待されている、あらゆる人にね。シェリーの功績はそれだけ大きかったし、フォンジェンは力のあるコミュニティなんだ」

「よく理解した。シェリーにホンファのことを伝えたとして、支援をすると思う？」

わたしが聞くと、シャクティは即答で首を横に振った。

「ホンファのところには、幇ともめて逃げ込んだやつもいるんだよ。コミュニティとの関係を悪くしてまで、お金を出そうとはしないだろうね。シェリーもリアリストだから」

「でも、そういう人たちを支援するのが、本来のフォンジェンなんじゃないの？」

「云っただろ、シェリーはリアリストなんだ。自分たちの思想が、この社会で根づくためにはずっと長い時間が必要だと考えてる。それまで、フォンジェンが存続するのが望ましい。シェリーが自分たちの場所を守ろうとするのはそういう理由もあるんだよ」

「それが前に云っていた、フォンジェンが抱える矛盾？」

「うん」

「結局、わたしには何もできないのね」

車の助手席でぼんやりと空を見上げる。真っ黒な空で、星さえ見えない。神の不在を説いたときの、ホンファの瞳みたいだ。

「――ねえ、シャクティ、『城』って何のこと？」

わたしは、その質問に答えたシャクティの顔を忘れない。香港のネオンから視線を背けて、

「九龍の妹仔《ムイジャイ》」

6　ウォンタムホウ2921

行動派のシャクティは、香港へやってきたばかりの日本人であるとか、貧民街で聖女めいた奉仕を続ける友人を放っておくことができないようだった。そしてシャクティのシャクティたる所以《ゆえん》は、彼女の善意の行動が、いつも強硬手段によって決定されることにあった。

「遊びに行こう」

ホテル暮らしとなったわたしのところへやってくると、そう云って有無を云わさず自分の車に押し込んだ。風姫が抱える矛盾も、父親探しも、ホンファに望まれた人道的支援の要請も、すべてがぐちゃぐちゃになって、わたしは頭を抱えていたところであったので、この魅惑的な拉致《らち》行為に抗《あらが》う術《すべ》が無かった。

続いて、ホンファが住まう聖母院へ急行すると、目を白黒させる彼女を小脇《こわき》に抱えて強引に連れ出し、助手席に放り込んで車を発進させた。

もはや、犯罪の手口だ。あまりのことに、温厚なホンファも腹を立てて、

「シャクティ！　わたしは子供たちの繕いものがあるんです」

「後でいいだろ。あたしも手伝うよ」

「今すぐやっておかないと」

「うるさいな、そんなふうにしてるから、貧乏性になるんだ。不遇な人たちがいるのはわかるよ。あたしだって気にかけてる。でもね、神学めいた知識を蓄えて、鬱々《うつうつ》として何になるってんだ？　あたしたちは若い。たまにはパッと遊んで気分転換が必要だ」

「あなたは、いつもいつも――」

ホンファは激して、広東《カントン》語で文句を並べたてたが、シャクティは聞く耳を持たなかった。

ウォンタムホウ２９２１という――これは当時のスラムの名残で、現在は取り壊されて再開発されたために存在しない――通りで車を止める。日曜なので通りの端には出店が並んでいて、人混みが出来ていた。雑然として、それでいて活気のある光景は日本の市場やお祭りと変わらない。喧騒《けんそう》に惹《ひ》かれて、わたしは車を降りた。

「ちょっとひやかしていこう。何かうまいものがあるかな？」

シャクティは、さっさと出店を物色しはじめた。車を降りたホンファはため息をついて、

「勝手なんだから」

「まあ、少しくらいはいいんじゃない？」

わたしがとりなすと、ホンファは平静を取り戻したようで、

「……仕方ありませんね」

気分を切り替えたらしくて、もう顔に激した様子はなかった。友人だけあって彼女の突発的かつ強行的な善意には慣れっこなのかもしれない。

落ち着いて見ると、この人はだいぶ魅力的だ。顔のつくりが整っていて、肌がびっくりするほど白い。服はごく簡素で、ワンピースなのだけれど、体形が細すぎて妖精《ようせい》みたいに儚《はかな》かった。当然のように人目を惹くわけで、シャクティがいちいち心配するのも無理なかった。

彼女は右手でわたしの左手をとって歩き出した。それがあまりにも自然な動作であったので、手をつないでいるのに気がつかなかった。

シャクティがちょっとこちらを見て苦笑したので、それで気がついた。ホンファも自覚してなかったようで、手元を見て、

「あ、ごめんなさい。誰かが隣にいると手を引いてしまうんです。クセになっていて——」

「気にしなくていい。それにそんな丁寧に話す必要ないよ。年、一緒くらいでしょう？」

「シャクティと同い年なら一緒ですね。そんなに丁寧な話し方をしていますか？」

「うん、なんだか舞台劇か、歴史ドラマのセリフみたい」

「日本語だとこういう話し方しか知らないんです。上海の日本人街にいるお年寄りから教えてもらったので、ちょっと古めかしいのかも。よかったら新しい日本語を教えてください」

　ホンファの目に好奇心がうかがえた。

　ふいに、この聖女めいた人に、悪い日本語を教え込んでいる自分を想像して頭を抱えた。

「どうかしました？」

「ううん、なんでもない。やっぱりそのままでいいよ」

「そうです？」

「うん、日本語難しいし、話し方なんて好きでいい」

「わかりました」

　そう云ってお互いにっこりする。つくった感じの態度ではなかったので、本心だろうと思う。聖母院にいた時と違って、素の彼女はふわふわしてる。隣にいて嫌味にならなかった。

　握った手の指先に、いくつも傷がある。温かくて、普段から水仕事をする人の手だ。母の手を少し思い出した。

「あ、これ可《か》愛《わい》い」

土産物屋の店先にあった赤いハート型の小さなアクセが目にとまった。漢字を意匠化したような模様で、小さなポンポンがついている。

「ダブルハピネスですね」

「この模様のこと？　これって、なんだか中国風で見覚えある」

「喜、という字を二つ横に並べて、意匠化したものですね。中華圏では、愛と成功を象徴する縁起ものです。香港のお土産にプリントされていたりもします」

「へえ、これはピアスかな」

「チャイナドレスに合わせると、よく映えますよ」

「やってみたいけど、わたし、ピアスの穴開けてないんだよね」

高校のころに友達がピアスホールを開けて、化膿《かのう》してしまったのを見たのがトラウマなのだ。だけど、ダブルハピネスのピアスは心惹かれた。

「ピアスにしては大きい飾りだから、キーホルダーみたいにして、鞄《かばん》にぶら下げようかな」

わたしはそのピアスを買った。不意に思いついて、ホンファの耳のところにピアスを合わせてみる。思った通り、色白の彼女に似合っていた。

「片方あげる」

「え？」

ホンファは、きょとんとした顔をした。

「飾りに使うから、二つもいらない」

「わたしもピアスはしませんよ」

「じゃあ、ホンファもこういうふうにすれば？」

持っていた鞄の金具に付けると、それはもっともらしい飾りに見えた。

「……ありがとう。大切にします」

ホンファは、なぜか頬を紅潮させて、ピアスを手の中に包み込んだ。

「そんな大げさなものじゃ……。あ、シャクティにはナイショね」

「はい。秘密です」

ホンファはにっこり笑う。このちょっとした贈り物を、彼女はなぜか大層気に入ったようだった。

買い物をしていると楽しい。日本で一緒に街をぶらついてみたい。

「こっちだ」

先を行っていたシャクティが手招きしている。わたしたちは足を速め彼女に追いついた。

「何か食う？」

シャクティが食べ物の出店を眺めながら云う。

「わたし、香港っぽいものが食べたい」

我ながら、うわついた回答だ。シャクティは思案顔で、

「犬肉とか？」

「え？」

わたしはぎょっとして、屋台の店先にぶら下がった肉塊を見た。焼いて、香ばしい匂《にお》いを発する肉が急に怖くなった。

「冗談ですよ」

ホンファが、シャクティを非難するような目で見た。

「イギリスの政策で、犬肉の流通は禁止されてるんです」

「良かった。びっくりしちゃった」

わたしが胸をなでおろすと、シャクティがぺろっと舌を出して、

「老人連中には、精が出るって云ってありがたがるのがいるよ」

「もう、シャクティ」

ホンファの声に怒気が混じったので、さすがのシャクティも軽口をやめる。

「でも、香港らしいのってなんだろう？」

「亀《かめ》ゼリーとかどうでしょう」

ホンファが、お店に並んでいたカップ入りのゼリーを手に取った。

「亀ゼリー？　亀が入ってるの？」

「そうですよ。亀苓膏《グイリンガオ》という薬膳《やくぜん》です。亀の甲羅のお腹を、干して、砕いて――」

　ホンファが丁寧に説明してくれる。カップの中には、黒いコーヒーゼリーのようなものがつまっている。わたしはちょっと抵抗感を覚えた。

「コラーゲンだよ。お肌にいいんだ」

　シャクティは、ぺちぺちと自分のほっぺを叩《たた》いてアピールした。彼女は普段から食べてるらしい。それを横目にホンファは生真面目《きまじめ》に説明してくれる。

「この黒い色は、仙草という生薬で、亀由来のものではありません。ちょっと薬みたいな匂いがするので、蜂蜜《はちみつ》とかシロップをかけて食べるのがオススメです」

「うん、なるほど」

　試しに買って食べてみた。寸評は避けるけれど、確かに体に良さそうな味だった。シャクティとホンファはさほど気にせずに美味しそうに食べている。やはり、香港人との若干の味覚の違いを感じる。

「お口に合いません？」

　ホンファが気を遣ってくれる。わたしは首を振って、

「そんなことないけど、なんだか背筋がぞわぞわする」

「独特の感じがするのは香港人も一緒です」

「そうなんだ」

人混みの中なので、わたしたちは自然と密着する。そうして、二人肩を並べて笑いながら亀ゼリーを食べるさまを、シャクティが緩んだ顔で見ている。

「何？」

「いや、連れてきて良かったって思っただけ」

なぜかご満悦のシャクティは、

「バイト代出たんだ。おごるから、ちょっと豪勢に、風呂《ふろ》に入りに行こう」

「お風呂？」

わたしがわからないという顔をすると、

「見せたいもんがあるんだ。安心しろって、香港の日本式風呂はなかなかだよ」

「シャクティ？」

ホンファまで不安げな顔をする。香港の日本式風呂？

「ふふ、まあ、入ればわかるって」

何か企《たくら》んでいるふうに、シャクティは笑った。

シャクティは港湾区の再開発でできた観光ホテルに車を走らせる。そこで、わたしたちを屋上施設へと誘った。エリアの一角を貸切る小型キャビン方式で、飲み物やタオルとセットで料金を支払うらしい。シャクティは香港ドルでさっさと支払いをする。ホンファが複雑な顔をしたが、シャクティは「たまにならいいだろ」で、済ませた。

屋上は開放的な浴場施設で、男女で別れていない。シャクティが指定したのは壁でしっかりと区切られていて、他人の目を気にする必要が無いプライベートな空間だった。

「プールみたいなもんで、共用のところは水着で入るんだけど、それじゃ醍醐味《だいごみ》ってものが感じられないだろ」

そう云って、脱衣所でさっさと服を脱ぎ捨てた。筋肉質な裸体でむきむきだ。飲み物と氷の入ったバケツを手にして、浴場のほうへ出て行く。

ホンファは友人の気性に慣れているのか、あきらめた様子で服を脱ぎだした。まあ、お風呂ぐらい、いいかと、わたしもささっと服を脱いだ。

じろじろ見るつもりなんてなかったのだけれど、ホンファのほうをちらりと見て、ちょっと驚く。大きな火傷痕《やけどあと》のようなひきつれが、肩甲骨《けんこうこつ》のあたりを中心に広がっていた。

「刺青《いれずみ》を焼き消したんです」

ホンファがなんでもないことのように云った。日本人ほど刺青に抵抗がないのかもしれないが——それにしても大差はないだろうけれど——刺青を入れて、それを強引に焼き消すというのは、相当の度胸だ。あるいは考えなしの無鉄砲だろうか。

「手術とか、そういうので消すこともできたんじゃない？」

「綺麗に消すことは、できたかもしれませんけど、そうしたら忘れてしまう気がして」

「何を？」

「父親のことです」

彼女は感情のない声で云った。わたしはそのことについてもっと聞いてみるべきか、別の話題にするか迷った。結局、わたしは勇気がなかった。

「肌綺麗なのに、もったいない」

「ぜんぜん。フーさんのほうが綺麗ですよ」

「それ、やめよう」

「それとは？」

「さん付け。シャクティはわたしの家族だし、ホンファはその友達で、わたしとも友達なんだから、おかしいでしょ」

わたしがそう云うと、ホンファはくすっと笑った。日本にいる同年代の友人たちと変わらない表情だった。

「フー、行きましょう、シャクティがしびれを切らしてるみたい」

「うん」

今度は左手を差し出してくる。その手には六本の指があったが、不思議と躊躇しなかった。ホンファが気をゆるしてくれたからこそ、左手を差し出したのだというのがわかっていたから。

新しい友人の手は温かく、遠慮がちに込められた力は優しかった。

「なにいちゃいちゃしてるんだよ」

シャクティが浴槽の縁に腰かけて、こっちを変な目で見ていた。

「いちゃいちゃなんてしてないでしょ」

「そう？　仲良くなれるかなって、ちょっと心配したけど、杞憂《きゆう》だったみたいだ。フーもホンファも、あたしが知らないうちにわかりあっちゃってるみたいで」

ざぶざぶとお湯をかぶってから、シャクティは湯船に飛び込んだ。

ご機嫌なシャクティの横顔を見て、ようやく彼女の意図が理解できた。強引にわたしたちの仲を取り持った気でいるのだ。

「二人とも、早く入れよ」

当の本人は、気持ちよさげに湯船へ誘う。「ほらほら」と、手でお湯をかけてきた。

「子供みたいな真似《まね》はやめて」

ホンファはさっと身をかわした。シャクティは面白がってお湯をかけようとする。宙を舞った水滴がきらめいて、小さな虹《にじ》をつくった。それが綺麗で、悪戯《いたずら》を咎《とが》めるような気もなくなった。

わたしはお湯へ入ろうとして、浴槽を見て首を傾《かし》げた。

「これが日本式？」

「うん、そう」

　シャクティはご満悦だ。

　それは巨大な桶《おけ》のようなもので、三、四人は楽々と入れるだけの大きさがあった。五《ご》右衛門《えもん》風呂の親分というか、わたしは子供のころに庭先で遊んだビニールのプールを思い出した。それよりはずっと大きいし、ちゃんとヒノキで出来ていていい香りがしたのだけれど、これを日本式風呂といっていいかは疑問だ。

　でも、かけ湯をして、湯船に入るとそんなことはどうでも良くなった。たっぷりした湯が気持ちいい。高層ビルの屋上なので、周囲の目を気にする必要もなく、解放感も抜群だ。夜が近づいて、香港のサンセットが美しかった。

　赤々とした夕日を浴び、闇《やみ》に染まっていく街並みを眺める。隣のホンファは長い髪をゴムひもでまとめて、高く結っていた。その視線は黒々とした都市へと向けられている。

「この景色、見せたかったんだ」

　シャクティがそうつぶやいた。確かに見るべき価値がある。やがて陽が沈みきると、都市は人工的な光で、きらびやかに飾られた。彼女は氷の入ったバケツからビールの缶を取ると、わたしとホンファに渡して、自分もひとつ取って開けた。

「喉《のど》が渇いただろ」

シャクティはにやりと笑った。「貧しい人たちがいるから呑《の》めないか？　自分が身を削れば他人が助かるなんて、現実がそんなに単純じゃないってわかってるだろ」

「自分の食事を他人に譲るあなたに云われるなんてね」

ホンファは、非難めいたことを口にしたが、拒んだりはしなかった。

「ええと、——カンパイだっけ？」

シャクティは日本語をほぼ完璧《かんぺき》に理解していたが、文化的な部分ではさすがに疎《うと》いところがあった。わたしはビール缶を開けて、

「カンパイ、って云って、器を合わせるの」

「ゴンプイと同じ意味だっけ？」

シャクティがホンファに質問した。

「そのはずだけれど……」

ホンファもビール缶を開けて、三人で缶を合わせた。

「カンパイ」

シャクティとホンファはそのままぐっと一気飲みした。わたしはちょっと口をつけて、二人が飲み干すのをまじまじと見ていた。

「なにやってんだよ、飲めよ」

シャクティが飲み干して、わたしに文句を云った。ホンファは飲み干してから、

「やはり、意味が違うのかもしれません。乾杯の字は、日本語と同じのはずですけど……」

「どういう意味だと思ってるの？」

「杯を飲み干すということです。最後まですべて、という意味です」

「ええ……。日本ではもうちょっと儀式的というか、社交辞令というか……」

「やはりそうなのですね」

ホンファは、少し赤らんだ目元をきつくして、シャクティを見た。シャクティはちょっと笑っている。

「わざとね？　わたしにお酒を呑ませるために、カンパイだなんて日本語を持ち出して」

「普通に勧めても呑まなかっただろうから」

「あきれた」

ホンファはつんとして湯船から出た。手すりのある屋上の端まで歩いて、遠く視線を泳がせた。わたしもいい加減熱くなってきていたので、浴槽を出てホンファと並んで涼んだ。

「そういえば、フーはどうして香港へ？」

「母さんが亡《な》くなって、それで遺骨をこちらに届けなくちゃいけなかったし、父さんがもしかしたら生きて香港にいるかもしれないって聞いていたから」

「お父さんですか」

「ホンファ、両親は？」

先ほどは云いだせなかったのに、アルコールの勢いと湯冷めの解放感で、つい余計な質問をしてしまった。

「母は病気で死にました。父は、たぶん死んだはずです。わたしが上海を出るときには、もう余命はなかったはずですから」

「会いに行かなかったの？」

「行きました。でも――」

ホンファの表情が曇ったので、わたしは無神経な質問をしたことを恥じた。

「ごめん、悪いこと聞いた」

「いいえ、いいんです」

ホンファは、本当になんでもないことのように云った。

「フーは親父《おやじ》さんを探し出して、一発ぶん殴りたいんだってさ」

シャクティはまだビールを呑んでいた。浴槽に浸かった背筋が紅潮している。そろそろ出るように助言したほうがよさそうだ。

「あたしがその手伝いをする予定なんだ」

「それは、面白そうですね」

にこっとホンファは笑った。酔ってるのかもしれない。

「親のいないあたしには、ちょっとわからない話だね」

「シャクティのご両親も亡くなってるのよね？」

そんなふうに云ってしまって、また後悔した。

「上海で死んだよ。あたしが小さい頃、目の前で銃撃を受けてハチの巣にされた。フォンジェンと対立するマフィアの仕業でね。それから親戚《しんせき》をたらいまわしにされたけど、養父になる男はいつもあたしを殴った。それで、一人で生きていくって決めた。ホンファと出会って、上海を出て香港にやってきた」

「シャクティ……」

「ランレイに憧《あこが》れていたんだ」

「母さんに？」

「前にも云っただろ。ママに聞かされたって。上海で、ランレイは弱い立場の人や女性のために闘った。この社会に巣くう悪徳を赦《ゆる》さなかった」

「おとぎ話ね」

ホンファが笑った。揶揄《やゆ》したんじゃなくて、耳にタコができるくらい何度も聞かされ

た話なのだろう。シャクティも笑って、

「そう。でも、あたしはだからこそ、香港へ来たんだ」

「母さんか」

きっとシャクティにとって、風姫のランレイは特別な存在なのだろう。

「どんな人だった？　ランレイは」

シャクティは子供みたいに瞳《ひとみ》を輝かせていた。わたしは母が上海にいたころを知らないし、彼女が望むような英雄譚《たん》を話せるわけではない。母との思い出は、きわめて平穏な日常生活に限られる。でも——

「強い人、かな」

「ふうん」

「辛《つら》いことや苦しいことは、どうせ逃げられないものだから、立ち向かう方が気が楽だって云ってた。逃げようとして背後から叩かれるより、正面から受けたほうがましだって。そんな考え方をする人だった。過激だけど、わたしもそういうところは尊敬できたかな」

「ランレイらしいね」

シャクティは大いに納得した様子だったが、わたしは苦笑して、

「でも、ギョーザをつくりながら、そんな話をするからね。具を皮にのせて、耳たぶみ

たいな形に包みながら」

「家庭的だ」

　三人で少し笑う。シャクティは、

「フォンジェンは今も存続してる。ランレイの考えはきっと生きてるよ」

「でも、弱者と寄り添うために、そこにいても、現実は――」

　ホンファは、途中で言葉を切った。わたしに遠慮したのだろう。たしかに、そうだ。理想を体現するなら、風姫は聖母院を見捨てないだろう。でも、祖母はコミュニティとの関係を重視して、支援をしようとはしない。

「上海の二の舞を嫌っているのでしょう。マフィアと抗争しても、不毛なのはわかっていますから」

「まあ、わかってはいるんだけどね」

　シャクティは、ビール缶を傾けてわたしを見た。

「だから、わたしを接待したの？」

　そう返すと、シャクティは目を瞬《しばたた》いた。

「ああ、そういう手もあったね」

「その手もあったわね」

　ホンファまでそんなことを云う。

「遊びを口実にされてるのかと思ってた」

「違うよ。今日は本当に、息抜きがしたかったんだ。フーとホンファは仲良くなれるだろうし、三人なら、そう、きっと楽しいって思っただけだよ」

「相変わらず強引だったけれど、確かに――」

ホンファは、裸体をひねって伸びをした。

「――楽しかった」

「うん」

わたしはそれだけは真実なのだと疑わなかった。

「最後の思い出ね」

そう云うホンファを、シャクティが複雑な顔で見つめた。わたしには彼女の視線の意味を、もっとずっと後になって知ることになる。

「不思議だね」

シャクティは浴槽を出て、わたしたちは三人並んで夜景を見つめた。

「親無しが三人も集まってる。それで、世の中の理不尽ってのに抗おうっていうんだから、まったく――」

シャクティは前だけを見ていた。ホンファはうつむき加減で、わたしは天頂にあらわれた星空を、このうえもなく愛《いと》おしく感じて眺めた。

言葉もなく、しばらくそうしていた。
香港の夜風は暖かかった。

7 香港、招待

その日のシャクティは様子がおかしかった。

すでに香港に滞在して一週間が過ぎようとしている。

シェリーに母の遺骨を渡し、父に会って日本へ帰るつもりでいた。それなのに、帰国は先延ばしになっていた。理由はいくつかある。ひとつには、父の行方が一向に知れないどころか、手掛かりのひとつさえつかめないということにあった。

滞在先として使っているシェリーのホテルにやってきたシャクティは、父親探しについて話してくれたのだけれど、どこか気もそぞろといった顔をしていて、

「あたしのほうで色々調べてみたんだけど、何かフーの親父さんは、おかしなことに関わっていたみたいだね」

「おかしなこと？」

「櫻桃日報《チェリーディリー》って新聞知ってる？」

「知らない。香港の新聞？」

「うん。怪しい記事をのっけたり、有名人の女性問題をすっぱぬいたり」

「ああ、おじさんが読むようなの？」

「そうそう。低俗なメディアなんだけど、あたしバイトで仕事を手伝ったりしたことがあるんだよね。それで、そこの記者にフーの親父さんのことで何か知らないか聞いてみたんだ」

「ちょっと飛躍しすぎてるわね。どうして、そのチェリーって新聞の記者が父さんのことを知ってるって思ったわけ？」

「フォンジェンがこっそり後援してるんだよ。親父さんがどういう人かはわからないけど、まったくあてもなく香港で過ごしてたってわけでもないだろう？　だから、もしかしたらフォンジェンの関係先に潜伏してるんじゃないかって思ったんだ」

「なるほど」

わたしは感心した。シャクティの云うとおりだ。確かに父が異国の地で何か頼りになるものがあるとすればそれは風姫だっただろう。

「一時期、親父さんは契約記者として、ある件を追ってたそうなんだけど、かなり前に行方不明になっている」

「行方不明……」

「何か事件に巻き込まれたのかも――」

父が直前まで関わっていたのは、とある人身売買組織に関する取材だったという。

行方を追ううえで、この件はゆいいつといっていい手がかりだ。わたしはシャクティに手伝ってもらって、もっと情報を得ようと考えていた。

でも、彼女はなんだか他のことに気を取られている様子だ。

「この調査、続ける必要あるかな」

「あるよ。ゆいいつの手がかりじゃない」

わたしは、シャクティの熱のない言葉に、少しだけかちんときた。彼女にしてみれば、たしかにわたしの父親探しは他人事《ひとごと》かもしれない。それはわかる。

「わたし、会ってみたいのよ、父さんに」

「そんなにいいもんじゃないよ、たぶん」

シャクティの消極的な態度は変わらなかった。あくまでも、付き合ってくれているという感じだ。相手の態度にあてられて、わたしも少しささくれだった気分だった。

「それより、気がかりなことがあるんだ」

「気がかりって？」

食い気味に聞き返した。シャクティもちょっとむっとして、

「ホンファのこと。あいつ、聖母院に支援が無いからって、おかしなことやりそうで――」

「仕方ないじゃない」

わたしは自分が責められている気分になって、強く反駁《はんばく》した。やはり祖母は聖母院の

支援に、動く様子が無かった。すっかり仲良くなって、もう友達と呼べる存在になっていたホンファのために、できることをしてあげたいという気持ちはシャクティと同じつもりでいた。だからこそ、祖母に意見できる立場にありながら、何もできない自分が歯がゆかった。

「仕方ないだって？」

シャクティはさすがに怒って、

「あいつがどんな気持ちでいるのか、フーにはわからないの？」

「わからないよ。わたし、シャクティみたいに何年もホンファと一緒にいるわけじゃないもの。そういうの、簡単に察したりできない」

「ああ、そう。冷たい云い方だね」

「冷たい云い方で結構。これがわたしだから」

売り言葉に買い言葉と云うか、ホンファを助けられない苛立《いらだ》ちが、後ろめたさになって強情を張らせた。

わたしとシャクティは睨《にら》み合った。それから、憤慨した彼女は部屋を出て行き、わたしはベッドにダイブして枕《まくら》に顔をうずめた。

――わかってる。わたしが悪い。わたしが謝るべきだ。

父親探しで協力を求めたのはわたしだ。その代価として、シャクティはホンファへの助力を願った。それに応じきれなかったのは、いかにもわたしの力不足だ。父親探しが彼女にとっては他人事で、不熱心を咎めることはできない。シャクティがホンファを心配するのは当然なのだから、それを仕方ないなんて云い方で否定する権利だってわたしにはなかった。

シェリーが私的な住居として使っているホテルの一角は、西洋と東洋を融合した上海クラシック風で、過ごしやすい環境が整えられている。寝台の寝心地も申し分なく、わたしはその上で、自己嫌悪と反省をしながら、ごろごろと転がった。

ようやく気持ちの整理がついた。

シャクティに謝ろう。そう決心した。彼女との喧嘩《けんか》が続いて、関係を壊してしまうのが怖かった。彼女はわたしにとって家族同然だ。

ホンファも心配。シャクティに謝って、一緒にホンファの様子を見に行き、何かできることがないかもう一度考えてみよう。祖母が応じるかどうかわからないが、わたしが孫という自分の立場を利用して、最大限に主張すれば、祖母の心変わりだってあるかもしれない。いや、そうしてみるべきだ。

わたしはメイクして服を着替えると、シャクティの下宿へ出かけた。

　シャクティの住まいは、フォンジェンの勢力下にある女人街ともいうべき地域にある安アパートだ。シェリーは上海からシャクティがやってきたとき、自分の住まいの一室を与えると申し出たそうだけれど、シャクティはそれを断って、自活の道を模索したらしい。

　ウェイトレスとライターの助手のバイトをしながら、学校へ行くための勉強と資金作りをしているというのだから頭が下がる。てっきり、シェリーの支援を受けて、悠々自適な暮らしをしてるのだと思っていた。ルノー・カラヴェルのカブリオレなんて車を乗り回しているのだから、そんな誤解をしてしまったわけだけど、あれは中古車で、それもかなり状態の悪い廃車同然のものを、シャクティが格安で引き取ったそうだ。

　彼女は立派だ。誰かの手を借りたりせず、きちんとしている。わたしはそういう意味において、ちょっと甘すぎる気がする。

　反省しながら、シャクティの下宿の前まで来た。

　まだ太陽は天頂に達しておらず、日差しは湿気を含んで柔らかい。

　ふいに足を止める。彼女の下宿は二階建てで、二階の角部屋なのだけれど、通りの反対側からその角部屋の窓に熱心に視線を送っている男がいるのだ。

　仕立てのいいスーツを着こなしている男。その顔に見覚えがあった。香港に来るときに、飛行機内でわたしにいい寄ってきた紳士氏だ。

なぜ、彼はこんなところで年頃の女の子の部屋の窓を凝視しているのだろうか。痴漢だろうか？　変質者だろうか？　その可能性は否定できない。空港での一件でチャラにしたとはいえ、彼はわたしにいい寄ってきたという前科がある。わたしは意を決すると、通りの端で背を丸めてアパートを見上げている紳士氏に歩み寄った。

「あの、もしもし？」

「おや」

紳士氏は驚いた様子でわたしを見て、それから何気ないふうを装《よそお》った。

「たしか、あなたは、飛行機内でお会いした……」

「空港では助けていただきました。ありがとうございました」

強盗から逃れる際のちょっとした手助けについて礼を云うと、紳士氏は首元のネクタイを右手の指でいじりながら、

「いや、礼には及ばない。あの後、空港の警備に連絡したのだが、あの連中はスリと置き引きの常習犯らしくてね、その場で捕まった」

「そうでしたか。ところで――」

わたしはさりげなく相手を観察する。飛行機内では興味がなかったので気に留めなかったのだけれど、紳士氏は長身で引き締まった体つきだ。口のまわりと顎《あご》に髭《ひげ》を生やしているせいで、ちょっとむさいけれど、男ぶりは悪くない。年齢は、四十前後だろう

か？

一目でオーダーメイドだとわかる、モダンなブリティッシュモデルのスーツを着こなしている。これをおじさん臭いとみるか、きちんとした経済力のある男性ととらえるかは、観察する側の感性かもしれない。わたしはコロンの香りでくしゃみが出そうになる。

「——こんなところで何をしているんです？」

「観光です」

紳士氏は即答した。わたしは相手を睨んだ。紳士氏は少したじろいで、

「まあ、仕事の関係もある。スムーズに進展すれば、数年後に香港が中国へ返還されるという話は、機内でしたでしょう？」

「はあ」

聞いたような気もする。

「商機と云うのはそうした混乱の中で生まれるもの。わたしは個人で輸入代理店をやっているんだが、商売のネタを求めてやってきているというわけだ」

「こんなところに？」

わたしが目を細めると、さらに紳士氏はたじろいだ。

「不思議はない。ここは——」

「ここは女性が多い街ですからね。たしかに観光客が来るかもしれませんね。お仕事で

商売のネタを求めて、女の子の部屋をじろじろ見たりするかもしれませんね」

「わかった降参だ。その大きな声で叫びます、という態度をやめてくれたまえ」

「で、何をしているんですか？」

わたしは大きく吸い込んだ息を吐いて聞き直した。

「うん、向かいの下宿に知り合いの娘が住んでいて」

「都合よく、香港に知り合いの娘って、ちょっと信じられないです」

「信じて欲しい。上海だ。サマンサとは本当に知り合いだ」

「シャクティの？」

シャクティが上海出身だというのは聞いていたので、紳士氏の話に少しだけ信ぴょう性が出てきた。紳士氏は額に浮いた汗を、ブランドものらしいハンカチで拭《ぬぐ》った。

「圧をかけずに話すことはできんのかね？　まったく――」

「怪しい人には当たり前の態度です。しかも、嘘《うそ》をついて誤魔化そうとするし」

「通りすがりの人間に詳しい話をする必要はないと考えただけだ」

「で、シャクティにどんなご用件です？」

「うん――わたしは商売柄、さまざまな情報に接する。株式などの金融取引が情報に左右されるように、代理店のような何でも屋も情報が重要というわけだ。メシのタネでね、疎いと食いっぱぐれてしまう」

「それで？」

「急《せ》かさんでくれたまえ。それで、とある少しばかり暴力的な組織が、知り合いの娘に目を付けたらしいという情報を得て、心配になったわけだ」

「ずいぶん、曖昧《あいまい》なもの云いですね」

「仕方なかろう。君にその少しばかり暴力的な組織に関する情報を与えるわけにはいかんのだから」

「シャクティが心配になって様子を見に来たと？」

「サマンサには――シャクティ嬢の父親ですが――上海で借りをつくった。わたしは彼に報いる義務があるんだ」

「シャクティのご両親は亡くなったって聞きました」

　わたしは踵《きびす》を返して、シャクティの下宿へ向かった。

「うん、だいぶ昔の話になるが――あ、待ちなさい、フーさん」

　背後の声にわたしは足を止めて、首だけ振り返った。

「どうしてわたしの名前を？」

「飛行機内で、手荷物のポーチから航空券がはみ出ていた。そこに、アラガキ・フウと印字されていたのを見ていてね。いや、それはただの偶然なのだが」

「よく見てますね。シャーロック・ホームズみたい」

わたしはそれよりも気が急いていた。胸騒ぎがする。背後の紳士氏から話を聞き出すより先に、友人の安全を確認しておきたかった。

「待ちなさい。今はまずい」

「どう、まずいんですか？」

わたしは階段を上がり、シャクティの部屋の前まで来た。紳士氏も一緒についてくる。

「いや、先客が――」

「シャクティ、いるの？」

わたしは声をかけてドアノブを掴《つか》んだ。鍵《かぎ》はかかっていなかったので、そのままドアを開ける。シャクティの部屋には二度ほど来ている。目の前の光景は、その二度の訪問時とはかなり違ったものだった。

室内は乱雑に散らかり、食器が割れ、椅子《いす》が横倒しになっている。シャクティは粗暴な性格とは裏腹に、きちんと整理整頓《せいとん》する人だ。掃除も欠かさずにしている。だから、こうした部屋の状況は異常だと断言できる。

無秩序に物が転がる部屋の中央に、黒ずくめの男が立っていた。その男がこちらに頭をめぐらすより早く、身体《からだ》が動いていた。

わたしは室内へ踏み込んで、身体をねじりながら足を高く上げ、渾身《こんしん》の力で黒ずくめの男の顔面を蹴《け》った。ヒールの先端が男のこめかみあたりに食い込み、砂肝を噛《か》んだときのような感触があった。勢いで吹き飛んだ男は、冷蔵庫の角に頭を強打して床に転がった。

「問答無用で蹴り倒すとは……」

紳士氏は、倒れて動かなくなった黒ずくめの男を見下ろしてぼやいている。

「シャクティがいないわ」

室内には他に人気《ひとけ》はなかった。

「何かあったのよ」

「そのようですな。この侵入者にシャクティ嬢の行方を尋ねてみたいところですが、どうも打ち所が悪かったようだ」

「え、死んじゃったの？」

「いえ、気絶してるだけですな、これは。フーさんはどうも発想が剣呑《けんのん》で恐ろしい」

「それじゃ、目を覚まさせて話を聞きましょう。穏便に」

「……その前に、ちょいと身体検査をしておくべきでしょう」

紳士氏は、黒ずくめの男の身体をさぐった。どうも妙に場慣れしているというか、冷静すぎる印象だ。

「ねえ、おじさん、いったい何者？」

「おじさん、は手厳しい評価ですな。わたしにはチェンという名前がありますので、そちらで呼んでいただきたい」

「中国の人？」

「謎《なぞ》の中国人といったところですかな」

「わたしのこと馬《ば》鹿《か》にしている？」

「いや、これは失礼。どうも人をからかう悪癖がありましてね。その、ヒールでわたしの足を踏むのをやめていただいてもよろしいか？」

「わたし、人にからかわれるの嫌いなんです。……それよりチェンさん、その人はなんでシャクティの部屋に入り込んでいたのかしら。泥棒？」

「これがヒントになりそうですな」

　チェンは、そう云って桐《きり》の箱のようなものを男の懐《ふところ》から取り出した。それを開け、中に入っていたものをつまみあげる。

　わたしは、その色の悪い芋虫のようなものがなんであるのか悟って悲鳴を上げた。

「人間の指ですな」

「まさか――」

　言葉を失う。色々なことが脳裏をよぎった。

　シャクティと喧嘩して、仲直りをしようとしてやってきたはずだった。それなのに、事態は異様な方向へと転がり始めた。

「彼女は『城』へ向かったらしい」

チェンがつぶやいた瞬間、それまでぐったりしていた黒ずくめの男が起き上がった。

そのまま、部屋から飛び出す。

チェンが、それを追った。

わたしも走る。

二階の踊り場から飛び降りた男は、体勢を崩しながら着地した。チェンは階段を二段ぬかしで降りる。わたしはスカートのすそを押さえながら、踊り場の手すりを飛び越え、真下で体勢を立て直した男の背中に、両足で着地を決める。骨が軋《きし》る鈍い音がした。

悲鳴を上げて、男は地面に転がった。わたしはそれを横目に衝撃を逃がしながら、うまく二度目の着地をした。

地面に転がった男は、広東語でわめきながら、道端に積んであった木箱を崩した。転がってきた木箱に躓《つまず》いて、わたしは遅れる。

チェンが木箱をものともせずに走った。さすがにヒールのある靴で追走は難しい。わたしは、それでもなんとか後を追った。

通りに出たところで、逃げる黒ずくめに古めかしい三輪自動車が猛進してきた。

三輪自動車の側面には、日本語で鈴森牛乳配達と印字されている。どこかの商用車を中古で輸入したのだろうか。香港の九龍で牛乳配達の車を見るのは奇妙だ。

荷台には深緑色のカバーがかけられていて、その端から黒光りする鉄パイプのようなものがのぞいた。

「危ない」

チェンが、わたしに向かって体を投げ出した。

二人で道端に倒れ込む。

その瞬間、三輪自動車の荷台から、砲火が吹いた。

轟音《ごうおん》で、鼓膜が痛い。

着弾した地面が吹き飛び、土煙で周囲が見えない。

三輪自動車はそのまま猛スピードで走り去った。

「八〇式の汎用《はんよう》機関銃を、軽車両に積んでぶっ放すとは。なんという粗暴な手口だ」

チェンは、土煙の中でわたしを抱きしめ、あきれた様子だ。

「あの、もう大丈夫ですから、放してくれませんか」

「おや、これは失礼」

チェンは手を放し、まだ煙る中、着弾したあたりまで歩いた。その先に細い溝川《どぶがわ》があり、どうやら追跡していた男は銃撃を受けて落ちたらしかった。

「荒っぽい中にも職人気質を感じる仕事ぶりだ。こうも大胆に証拠の隠滅をはかられると、すがすがしくて胸が悪くなりますな――」

チェンはハンカチで口元を覆《おお》う。溝川は赤く染まっている。右手だけが水面から出ていた。緩やかな水が、それを押し流していった。

「――右手の甲だと思わしきところに、九龍の刺青。なるほど、お里が知れますな」

チェンは踵を返し、

「いきましょう。すぐにこの場を離れたほうが良い」

「警察に通報しないと」

「誰かがやりますよ。それよりも急いだほうが良い。やっかいなことになる」

「わかりました」

わたしはチェンに手を引かれて、その場を後にした。

通りに面した喫茶店に入ると――見た目は喫茶店と云うより中華料理店だが――冷たいレモンティーを一気に飲み干した。チェンもグラスを空にして、もう一杯注文した。

「それで、どういうことか詳しく説明してもらえます？」

「説明はだいたい終わってるように思えますがね」

チェンは、ハンカチで汗をぬぐい、よく磨かれた窓ガラスに反射する自分を確認して服装の乱れを整えた。追加で注文したレモンティーがやってきて、それを二人で飲み干してから、さらに追加で注文した。

「何もわからないわよ、全部曖昧で——」

「やつらは、城塞《じょうさい》福利厚生事業部会ですよ」

　チェンはしれっとした顔で云った。

「はい？」

「先ほど、三輪自動車の荷台から機関銃をぶっ放して、シャクティ嬢の部屋に侵入した輩《やから》を始末した連中です。もっとも、侵入した輩も、城塞福利厚生事業部会の者なので、あれは口封じと見るべきでしょうがね」

「わたしたちに見られたから？」

「部屋にいた侵入者は雇われか下《した》っ端《ぱ》で、近くにいた監視役がことの顚末《てんまつ》を見ていたんでしょう。ドジを踏んだツケを払わせたといったところですかな」

　追加のレモンティーが運ばれてきて、グラスを空にしてまた注文した。

「シャクティ嬢は、『城』へ向かったと考えるべきでしょうな。指を送りつけるような真似は、黒社会の一部、このあたりでは『城』の連中がよく見せしめなどに用いる手段だ。城塞福利厚生事業部会が動いているのが、その裏付けになっている」

「その城塞福利厚生事業部会ってなんなんですか？　行政組織？」

「日本語に訳すと、そうした名称になるというだけですな。表立って、似た名称の組織は実在しますが、アレは裏のほうでしてね。秘密結社などと、映画のように云うものもあるが、実態は香港コミュニティの実働部隊――まあ、マフィアみたいなもの――で、必要とあれば暴力も厭《いと》わない連中ですよ」

「どうしてそんなのとシャクティが関わっているの？　『城』って何？」

「九龍城の名前ぐらいは、聞いたことがあるでしょう。悪名高い、アジア随一のスラム街だ。最盛期にはアヘン窟《くつ》、ヘロイン窟などにくわえて麻薬製造工場まであり、三十軒もの売春宿を抱えた暗黒街だった。日本などでは、ちょっとした色物めいた興味の対象となっているのではありませんかな？　しかし、実態は異なる――」

チェンは、運ばれてきたレモンティーをゆっくりと飲んで、

「――悪の巣窟《そうくつ》であったのはせいぜいが一九六〇年代までのこと。それ以降は政府が介入するようになりましてな。警察が入って治安維持にあたるようになった。九龍の連中は、警察官を買収して商売を続けたが、七〇年代に入り、汚職取締署ができると、いよいよやりづらくなった。それでもっと商売のやりやすい場所を求めたわけです」

「移ったってこと？」

「ええ。九龍の北に回流移民が集まっていた場所がありましてね、そこを新居とした。九龍城は、年寄りや貧乏人だけが住まう貧民街になり下がったわけですが、空いた場所には自《おの》ずと新たな悪徳が入り込むもので」

「それが、『城』？」

「ご名答ですな。香港コミュニティは、麻薬や売春宿は他に移したが、九龍で続けていける商売は残した。『城』と呼ばれる組織はそのひとつ。そして、香港コミュニティに運営を委託されたのが、城塞福利厚生事業部会というわけです」

「どうして、そんな場所にシャクティが？」

「さて——理由はこれにありそうですが」

チェンは、シャクティの部屋に入り込んだ男が持っていた木箱を取り出した。その中には人間の指が収められている。

——ホンファの指だ。

直感的にそう考えた。ホンファは指を切り落として『城』へ行くと云っていた。シャクティはそれを知って、彼女を追ったのではないだろうか。

胸の奥で、もやもやとした黒い不安が渦巻いた。

チェンは、そんなわたしの顔をうかがって、

「フーさんは心当たりがあるようですな」

「チェンさん、その『城』というのはどういう組織なんですか？」

「『城』の商売は妹仔です。妹仔を取り扱う場所、と云うのがわかりやすい」

「ムイジャイ？」

「いわゆる奴隷《どれい》ですよ。人身売買の暗黒市場です。九龍は、確かに昔より商売のやりにくい場所になりましたが、依然として治外法権のような扱いが為《な》される。だからこそ、人権問題になりやすい人身売買の暗黒市場にとって都合がいいのですな」

　チェンの口調に、かすかな怒りを感じたのは気のせいだったろうか。

「そんな場所にシャクティが？」

「城塞福利厚生事業部会が、何の目的でシャクティ嬢の部屋を家探ししていたのかはわかりませんが——ろくな理由ではありますまい——深く関係しているのは確かでしょうな」

「シャクティ……ホンファ……」

「サマンサの娘の安否を確認するためにも、ここはひとつ慎重に——」

「チェンさん、『城』について、もっと話を聞かせて。ムイジャイっていうのも、具体的にお願いします」

「……うむ。中国には妹仔という風習が根付いておるのですよ。これは豊かな華人エリート層に特に浸透しています。貧しい家庭の子供を引き取って、使用人のように家に入れるわけですな。これを養女のような仕組みととらえるか、ただの奴隷制度ととらえるかは、見方にもよりますが」

「良い場合も、悪い場合もあるってこと？」

「大陸の専門業者が、人さらい同然に連れてきたり、貧家の事情につけ入って娘を買ったりしなければ、風習として理解されるかもしれませんな」

「それで？」

『城』は、この妹仔の中でも最高級なのを扱う。客が主に華人エリート層なので、それにあわせて子女に教育を施したり、選定を行ったりするわけです。『城』自体がそうした機能を持った施設の名称であり、内部に入れるのは女だけです」

「女の人だけが入れるの？」

「男がこっそり商品に手を出して、商品価値を下げるということが度々あった。それを防ぐため、城塞福利厚生事業部会の中でも、特に妹仔の扱いに長《た》けた女たちが、『城』を管理運営しているそうです」

「女だけの『城』」

　きっとホンファは、風姫が聖母院を支援しないと悟って、妹仔として自分を売った。そして、シャクティはホンファを連れ戻すために、『城』へ向かったに違いない。最悪の事態だ。いや、最悪の事態になろうとしている。

　わたしは意を決して立ち上がった。

「お待ちなさい、フーさん。どうするつもりかな？」

「決まっているでしょう。放っておけないわ」

「九龍は危険な場所だ」

「友達を助けに行かないと」

「おやめなさい。あなたがどうにかできるようなことではない」

「それは理屈です」

「大人の特権だ。理屈を説いて、子供を諫《いさ》めるのは」

「いつもいつも、大人が正しいとは限りませんよね？　それとも、チェンさんには何かいい考えがあるんですか？　シャクティの身の安全をはかれる策が？」

「まずは、彼女が今どこにいるのかを確認して——」

「チェンさんは男だから、『城』には入れませんよね？　どうやってシャクティの居場所を突き止めるつもりです？　それでシャクティを説得して連れ帰ることは可能ですか？」

「……無理でしょうな」

「なら、わたしが行くしかありません」

「しかし……」

「虎《とら》の威を借りることぐらいできるもの」

「フォンジェンのシェリーに頼むつもりですか」

チェンは口に出して、しまったというふうに頭を抱えた。

「やっぱり、わたしのこと知ってたのね？」

「商売の情報はきちんと仕入れる性格でしてね。シェリーの孫が香港へ帰ってきたという噂《うわさ》を小耳にはさんだもので」

「あなたが何者なのか、何の目的なのか問いただしたいけど、話してくれないでしょうね」

「いやはや——わたしはただの商売人ですよ」

「いいわ。シャクティのこと心配してるのは確かみたいだし」

わたしが矛を収めると、チェンはやむを得ないという顔で、

「……わかりました。『城』までお送りしましょう」

「いいの？」

「サマンサと約束したものでね。娘を守ると。不本意ではありますが、万全を期してフーさんを送り出すのが得策なのでしょう」

「それしかないと思います」

「まったく、こんなことになるとは——」

チェンはレモンティーに浮かんだ檸檬《レモン》をつまみあげ、苦そうに嚙んだ。

悪路の衝撃で、旧《ふる》い車体が軋る。わたしはうっかり舌を噛まないように注意しなければならなかった。シャクティの下宿で出会ったチェンは、かなり走り込んだドイツ車に乗っていて、塗装は剝《は》げちょろ、車内は埃《ほこり》っぽい臭《にお》いがしていた。

「ドイツ人は日本人と同じく、いい車をつくるが、それにしてもこれは耐久性が限界と思われますな」

「もうちょっと新しい車に乗ったほうがいいんじゃないですか？」

わたしはあまりの乗り心地の悪さに抗議した。

「レンタルですからな。しかも、アナーキーな香りのする業者で、こちらの素性を勘ぐらないことを条件に借りた車ですから、文句も云えない」

「事故起こさないでくださいね」

車内で会話するのに適さない車だ。わたしはそれだけで済ませた。

途中で、洋品店に寄って服を調達した。そうするように、チェンに強く助言されたからだ。ワンピースで敵地に乗り込むのはいかにも無謀だ。それで、アメリカから仕入れたという状態の良い古着に着替えた。ブラックジーンズに、黒く染めた麻のシャツを合わせた。

ヤンキースの野球帽をかぶったわたしを見て、チェンは表情を崩した。

「いつか息子と一緒に野球をしようと考えたものです」

「わたし、野球とかわからないですけど、そういう親子関係っていいですね」

「願いは叶《かな》いませんでしたがね」

「どうして？」

「息子は亡《な》くなりました」

飄々《ひょうひょう》と告げた中年男に、年月を経ても消えない痛みが見てとれた。あまり誠実なタイプには思えないけれど、それはあくまでわたしの目から見た場合だ。彼は、少なくとも失われた命を悼《いた》む父親の顔をしていた。

それが人間的な価値としてどうなのか、人生経験の少なすぎるわたしにはわからない。ただ、無遠慮な質問で相手の傷に障《さわ》ってしまったのは理解した。

わたしは頭を下げた。

「……ごめんなさい、余計な事聞きました」

「お気になさらず。なぜでしょうな、あなたを見ていると、やんちゃな息子を思い出す。お転婆《てんば》のせいでしょうかな」

茶化したことを云う。照れ隠しだろうし、気遣いなのだとも思ったが、それにしても、むっとしたので、にらみつけて、

「じゃあ、やっぱり結婚されていたんですね」

「お気づきでしたか——」

チェンは左手の薬指にある指輪の痕《あと》に触れて、

「――だいぶ前に別れましてね。未練がましく指輪だけは外せなかったのですが、最近になってようやく諸々《もろもろ》ふっきれたところです」

「あ、またごめんなさい。一言多かったです」

わたしが謝ると調子に乗るらしくて、チェンは冗談めかして笑った。

「今は、パートナーを募集中ですな」

「わたしに近づいたら、シャクティに殴られますよ？」

「それは恐ろしい。シャクティ嬢は、上海の女子アマチュアボクシング界では知られた猛者《もさ》でしたからな」

「え、初耳」

「ご存じありませんでしたか？　護身用にやっておったようですよ」

「シャクティとは知り合って間もないから」

「その知り合って間もない娘のために、暗黒街へ乗り込もうというわけですかな？」

「わたしのこと、家族だって」

「ふむ？」

チェンは興味深げに目を細めた。

「母が亡くなって、わたしはひとりぼっちなんです。香港にしか血縁はなくって、祖母のシェリーと又従姉妹《またいとこ》のシャクティが家族のすべて。父は行方不明で——」

「複雑な家庭事情ですな」

「シャクティは父を探す手伝いをしてくれるって。だから、彼女のことも助けてあげないと。それなのに、わたしったら、シャクティと喧嘩してしまったんです。ホンファって、先に『城』へ行った子のことで、ちょっと口論になってしまって。その子も放っておけなくて。本当はわたしにもっと力があれば、彼女は『城』へ行かなくてよかったはずなんです」

「よくわかりました」

得心して、チェンはうなずく。

「止めないんですね。止められるかと思ってましたけど」

「失礼ですが、フーさんは融通の利《き》く性格には見えませんでした。それに、わたしのほうの事情にも合致して、都合がいい」

「事情？」

「商売ですよ。サマンサとの約束を別にして、わたしは『城』について情報が欲しい。もしも、フーさんが協力してくれるのなら、便宜をはかりましょう」

「交換条件ですか？」

「さよう。これはビジネスです」

「それが、チェンさんがわたしを暗黒街へ放り込もうとする理由?」

「勘違いしないでいただきたいが、わたしはそれほど非情ではありません。『城』の連中が、フォンジェンのシェリーの孫娘に手を出すとは思えない。そうした勝算に基づいて、わたしはあなたをお送りしているのですよ」

「いいですよ。何が知りたいんです?」

『城』の城主である、龍《ロン》という女性の居場所です」

「それを知ってどうするつもりなんです?」

「ビジネスですよ。商売はね、トップと折衝するのがもっとも都合がいいんです。しかし、『城』は排他的で、幹部の居場所は分からない。そこで、フーさんにお願いするわけです。フォンジェンのシェリーの孫娘という立場なら、きっと幹部が姿を見せるでしょうからな」

「わたしにできること、手に入れられる情報なら提供しますよ」

「賢明だ――」

　チェンはうなずき、そうして前方へと視線を向けたまま、

「そろそろ着きますよ」

　悪路の先、バラック群を抜けたところにそれは見えた。

「あれが九龍の心臓ですよ」

8 欲望

墨のような雲が広がる空に、ときおり雷光が明滅する。不吉な空模様の下で、周囲の風景は継《つ》ぎ接《は》ぎだらけの家々が目立ち始め、やがて岩塊のような奇妙な建物が見えた。

わたしは眼前の建物の歪《いびつ》さに息を呑《の》んだ。

それはひとつの大きな塊でありながら、歪《ゆが》み、ひしゃげた平行四辺形のように不均衡で、まるで崩壊した古代遺跡を思わせた。

車を手前の空き地で止めると、チェンは黒っぽい雨合羽《あまがっぱ》を取り出した。

「これを上に着ていくといい。傘などさせませんからな」

「建物の中に入るのではないの？」

「元々が無秩序に形成された建物の群生です。屋根など期待しないほうが良い」

「わかった」

わたしは素直に受け取って雨合羽を着込んだ。すでに小雨が降り始めていた。

「よろしいですかな、フーさん。これから、いくつかの注意点をお話しします。あなたが向かう先は、国家の法が及ばない場所です。しかし、まったくの無法ではない。『城』には『城』の法があるのです。それを理解したうえで、進まなければ手ひどい目に遭うでしょう」

　チェンの言葉に、わたしはうなずいた。

「まず、あなたはフォンジェンのシェリーの孫娘と名乗らなければいけない。そうでなければ、ただの小娘として扱われてしまう。それがどんなに危険かは想像がつきますな？」

「なんとなく、だけれど」

「結構。この先に『城』の門があります。そこにいる門番に名乗って、フォンジェンの者だと認められれば、たいていの安全は保障されるといっていい。中国は面子《メンツ》というものを重んじる風習があります。これはイギリス統治下の香港であっても例外ではない。フォンジェンのシェリーの面子をつぶそうなどと、『城』の者は考えないでしょう」

「その、できればシェリーには内緒にしておきたいんだけど」

　祖母に相談しても、反対されるのはわかっている。シャクティのことを話せば、彼女の安全は確保されるかもしれないけど、ホンファについてはわからない。最悪、見捨てられるかもしれない。わたしは、香港に来てから祖母のリアリストぶりを知った。その可能性は高そうだった。

「うむ……連絡できる手段だけ確保しておいたほうがいいでしょうな。幸い、門番にちょっとしたコネがあります。万が一に備えて、口を利いておきましょう」

「チェンさんは、『城』に入ったことないのよね？」

「九龍城には立ち入ってますが、中枢《ちゅうすう》の『城』に入れるのは女性だけですからな」

「どうして門番にコネがあるの？」

「昔のつてというやつですよ。それを頼りに、『城』の城主とお近づきになりたくてね。しかし、やはり中に入るまでには至らなかった」

「まあ、詳しくは聞かないでおいてあげる。他に注意点は？」

「僥倖《ぎょうこう》ですな――二つ目に、迂闊《うかつ》に英語で話さないことです。中に入って、シャクティ嬢と合流できたとしても、言葉には注意をするように」

「どうして？」

「これは歴史に関係します。九龍城で一九六〇年代に起こった暴動は、中国国旗掲揚に関するものでした。細部は省きますが、政府や外国勢力の干渉を招いた出来事が、ナショナリズムに起因するものであったために、政治や思想に関する言論、あるいは言語に関する目が厳しいのですよ。潮州系の住民が多いと聞くが、うかつにおかしな言葉で話さないほうがいい。『城』もそう考えて、秘密裏の取引などでは避ける傾向があります」

「わたし、広東語よくわからない」

「日本語で通じますよ。老人たちは、日本統治時代に覚えた言葉を忘れていませんし、若い連中も理解している者が多い」

「どうして？」

「上海の日本租界から流れてきた者が、幹部にいるのですよ」

「なるほどね」

「三番目ですが、無茶をしないということです。フーさんの目的は、シャクティ嬢とご友人を連れ戻すことにある。それ以外のことに、深くかかわらないように」

「……もちろん、そのつもり」

　シャクティとホンファを必ず連れ戻したい。わたしがうなずくと、チェンは、

「中へ入ってから、そうですな、半日ほどは様子を見ましょう。それでフーさんがお戻りにならない場合には、フォンジェンのシェリーと警察に通報して、あなたの身の安全の確保をするように動きます」

「万が一のための命綱ね」

「さようです。ですので、できるだけ速やかに目的を達して戻ってください。荒事になれば、わたしの目算も狂いますので。それは本意ではない」

「商売ですものね」

「そのとおりです」

　チェンは、にっこりと笑い、

「できれば、『城』の城主との会見を取り計らっていただきたい」

「会えたら、便宜を図るって約束する」

「では、門のほうへご案内しましょう」

チェンに導かれて、わたしは『城』へ一歩一歩近づいて行った。

目前の『城』の周囲にはまばらに空き地があって、ところどころに濁った水たまりができていた。出入り口らしい通路の前に監視所のような掘っ立て小屋があった。

チェンはまず、その小屋に向かった。そこは切符の販売所みたいに、硝子《ガラス》越しに中の人間に話しかけられるようになっていた。

「おほほう、これはこれはチェンさん」

巨漢で、腹のふくれた男が椅子に座ってこちらを見ていた。にこにこと社交的な笑みを浮かべている。

「ミスターG、久しぶりだな」

「ご無沙汰《ぶさた》でしたなあ」

「変わらずに元気そうだ。上海で負った傷は癒《い》えたか？」

「もうだいぶいいですな。あれはどのくらい前だったでしょうか」

「十八年以上前になる」

「おお、そうでした。ひどい出来事でしたな。わたくしなどは精神的なショックがひどくて、一日に三十個食っておったチーズバーガーが、二十九個に減ったほどでした。痛ましい、実に痛ましい出来事で」

「今日は昔話をしに来たのではないんだよ、ミスターＧ」

「はて、それならいったい？」

「門番をしているなら、わかるだろう？　サマンサの娘が『城』へ入ったはずだ」

「チェンさん、わたくしは『城』に雇われております。より正確に云うならば、香港コミュニティにです。『城』に関するいかなる不都合も、お教えしかねるのですよ」

「不都合はない」

チェンは、周辺に抜け目のない視線をめぐらして、

「『城』に資するものだ。この娘を見ればわかるだろう？」

わたしのほうへ顎《あご》をしゃくってみせた。ミスターＧはちらりとこちらを見て、

「ふむ。なるほど、フォンジェンの方に隠す必要はありませんな」

三重のあごを揺らしてうなずき、

「確かに、今朝がた、シャクティさんがここを通られました」

「止めなかったのかね？」

「止める理由がありませんからな。フォンジェンは、香港コミュニティの一端として、

『城』の後援をしておられる。それが、人道上の関与をするためであれ、金銭的な価値観であれ、後援であることには変わりない。フォンジェンの関係者であるシャクティさんを止める理由が、わたくしには無いわけですよ」

「彼女は何か云っていたかね？」

「ホンファという娘が『城』へ来なかったかと聞かれました。その娘が二日前に『城』へ入ったとお教えしたら、だいぶ険しい表情をされていましたな」

「うむ、実はそのことで頼みがある」

「なんでしょうな。チェンさんのことですから、また無茶をされるおつもりでしょうが」

「この娘を『城』の中へ入れて欲しい」

「また難儀ですな」

　ミスターＧは、わたしを見つめて、

「フォンジェンの関係者です。わたくしに、それを咎《とが》める理由はありませんが、本当に構わないのですかな？　九龍の中枢『城』の中は、お嬢さんの理解が及ぶ場所ではありませんぞ」

「本人の望みだ」

「では、致し方ありませんな」

ミスターGは、ドアを開けると、身体を器用にねじって狭い小屋から出てきた。

「チェンさんは『城』へは入れませんぞ」

「わかっている」

チェンは、そう云ってから、

「では、フーさん。期限をお忘れなく」

「ありがとう。城主との会見、忘れずに便宜をはかるわ」

「そう願いたいですな。お気をつけて」

チェンはその場に残り、わたしとミスターGは通路を歩き出した。

「わたしのこと、ご存じなんですか？」

わたしは、前を歩く巨漢にそう聞いてみた。どうも話がスムーズに行き過ぎている。

ミスターGは、わたしが風姫の関係者だと知っているふうだ。

「お母上を知っているのですよ。ああいえ、知っているといっても、少しばかり縁があったというだけです。あなたは、生き写しのようだ」

「なるほど。どこで母と？」

「上海ですよ。あそこは因縁深い場所でしてね」

歩きながら、ミスターGは懐から紙袋を取り出した。チーズバーガーの包みを取り出すと、それを太い指で剝《む》いてから、一口頬張った。

『城』は女だけの組織だって聞いていたけど、あなたのような男性もいるんですね」

　わたしが何気なくそう云うと、ミスターGは、ほっほっほと笑った。

「例外はありませんな。『城』に男はいません。門番も例外ではありません」

「え？　でも、ミスターって――」

「わたくしは男ではありません。より正確に云うなら、ですがね。ミスターの呼称は、男性に対する敬称のそれではなくて、聖職者を意味するものです。これは古い慣習で、あだ名のようなものですな」

「えと、それじゃあ女性？」

「そのことについて、詳しい話をご所望で？」

「い、いえ、結構です」

　両開きの門の前まで来た。東洋風の龍《りゅう》が彫り込まれた精緻《せいち》な門だけれど、だいぶ風雨にさらされて、褪《あ》せた印象だ。古めかしいというよりも、朽ちかけていた。

「牌楼《パイラウ》と、このアーチを呼ぶものもおります。もはや由来を知る者はいません。去ったはずの悪徳は、かつて棲《す》んだこの場所を懐《なつ》かしんでいるでしょうな」

「この先に？」

「『城』がありますな。かつて九龍に棲んだ悪徳の名残です」

「ミスターG、ありがとう」

「いえいえ、フォンジェンの方がいらっしゃっている旨《むね》は、上にお伝えしておきますよ。このまま道なりに進んで、広場の大きな建物にお入りください。なに、すぐにわかる。枝道はだいぶ入り組んでおりますから、そっちには踏み入らないように。事情を知らぬものもいますから、命の保証は致しかねますぞ」

「わかりました」

「それから――」

ミスターGは、巨漢に似つかわしくない、つぶらな瞳《ひとみ》でわたしをまじまじと見た。

「――ひとつご忠告をいたしましょう。あのチェンという男には注意することです」

巨漢の表情に変化はなかった。わたしはその言葉の意味をよく考えて、

「あなたは、どうしてそんなことをわたしに？」

「お母上に、少しばかりの借りがあるのですよ。上海でね」

「わたし、母の昔のことはあまり知らないんです。良ければ、教えてくれませんか？」

「なるほど。そういうことであれば、昔話をいたしましょう。――わたくしは当時、人材あっせんの会社に勤めておりました。それがマフィア連中の隠れ蓑《みの》で、いわゆる人身売買組織の末端だと知ったのは後々のことです」

「妹仔？」

「もっと悪いですな。どこからかさらってきた子供を売るような下衆《げす》な商売でした。わ

たくしは、それと気がついて組織を抜けようとして、制裁を受けたのですよ。銃撃されましてね、肩に大穴が開きました。銃で撃たれた経験はおありですか？」

「いいえ、ありません」

「あれは非常に痛いものです。急所は外れましたが、熱が出て、十日あまりも生死の境をさまよいました。あなたのお母上が看病してくれなければ、死んでいたでしょうな」

「母さんが……」

「あのとき、人生ではじめて食事が喉《のど》を通りませんでした。どんな困難に見舞われても、食事だけはしっかりと摂《と》ることができる人間がです。意識が戻っても、水を飲むのも一苦労でした。お母上は、わたくしに大好物のチーズバーガーを持ってきてくれましてね。それならば食べられるだろうとおっしゃいました。生死の境をさまよった人間に与えるには、いささか難儀なしろものでしたが、あのときに食べたチーズバーガーの味は忘れられない――」

　嘆息して、手の中のチーズバーガーに視線を落とした。

「――お母上は亡くなったと聞きましたが？」

「……はい」

「遺憾ですな。またもや、この世に対する未練が減ってしまった。いやはや、訃報《ふほう》の後のチーズバーガーほど味気ないものはない」

　ミスターGはしばし瞑目《めいもく》した。

「お母上に助けていただいてから、わたくしは流浪《るろう》の身となった。自由は得ましたが、以前のように表立って人生を歩むことはできませんでした。組織の報復を恐れて、各地を転々とした。流れ着いた先が、人身売買を扱う『城』であったのは皮肉というより他ない。

　しかし、こうしてあなたをご案内することができて、恩人のお役には立てた気がいたしますな。こうなるべくして定められた運命であったと――」

　饅頭《まんじゅう》のような顔が、悲し気に笑んだ。

「――今夜は、桂花陳酒《けいかちんしゅ》でお母上を弔うとしましょう」

　桂花陳酒は、母の好きだったお酒だ。母は、めったにお酒を口にすることはなかったけれど、時々、夜中に呑んでいた。白ワインにキンモクセイの花を漬け込んだもので、母が内緒にしていようと、その香りで気がついたものだ。

「もうひとつ、これは老婆心にすぎませんが」

　巨漢は去り際《ぎわ》に、

「復讐《ふくしゅう》はやめておくことです。お母上は、ご自身の生き方を後悔していないはず。それだけは間違いのないことです」

　ミスターGは踵《きびす》を返して戻り、もう一度だけ振り返った。その目にうっすらと涙が見えた気がして、わたしは忠告を胸に刻み付けた。

9 暗黒市場

英国がニュー・テリトリーと称して、九十九年間もの租借を決めてから香港島の九龍は異例の存在であり続けた。北に獅子山《シジサン》、南に九龍湾を望む立地は、中国的な風水において、素晴らしい配置であったと考えられる。九龍湾の浅瀬に啓徳空港が建設され、調和が乱れたと嘆かれるのは、近代化の皮肉だろうか。

英国の香港総督に不毛の島と揶揄《やゆ》された場所は、政治的な迫害を恐れた人々の流入先ともなったが、無政府主義があだとなって様々な悪徳を生み出した。

わたしの目の前に在るのは、仄暗《ほのぐら》い混沌《こんとん》だ。

香港島は湿度の高い地域だ。長雨が降ることは少ないが、ときおり霧がかかって街全体を覆う。降り出した雨が止《や》むと、わき出した濃霧が視界を遮った。

もうもうと煙る水蒸気の中、定かでない足元に注意を払って進む。

質の悪いコンクリートによって積み上げられた——この表現が的確だ。計画的に建設された形跡はどこにも感じられない——建物群。威圧的に天まで伸び、枝葉のようにアンテナや物干しざおを張り出している。むき出しの配管がのたうち回り、頭上はネットで覆われていて、それにはゴミが引っ掛かっている。

地面はねっとり黒く汚れ、薄く煙るように焚《た》かれた香、動物の内臓、魚、何かを燃やす臭《にお》いが絶えず感じられた。ところどころ、水が染《し》み出すように流れていて、不衛生な印象ばかりが目についた。

そぼ降るように水滴が、頭上から降ってくるが、路地のような通りは狭く、傘を差す余裕はない。雨合羽を着てきたのは正解だった。

ラジオの雑音が聞こえるが、人気はなくて、ひっそりとしていた。表通りを歩いているはずだけれど、異世界の裏路地に迷い込んだような心地だ。

周囲は薄暗くて、今が昼間なのだというのを忘れそうになる。外灯がついていて、黒々とした地面に反射していた。

道は上り坂のような傾斜がついていたかと思うと、下り坂になったり、階段があったりと、奇妙な様相で、自分が今、地上にいるのか地下にいるのかも定かでなくなる。

フードを目深《まぶか》にかぶって、その異形の街を進んだ。

壁には赤い文字で、何かの数字や漢字が書かれていた。不思議に思っていたが、どうやらそれは日本でいうところの番地や住所らしかった。どうやって配達しているのかはわからないが、郵便受けもあって、チラシや督促状みたいな紙がいっぱいに詰まっていた。

　薄暗い通りをそのまま進むと、開けた場所に出た。頭上に空が垣間見え、入り口付近にもみの木が植えられている。目の前に、白く塗られた大きい建物がある。金網が張られて、その向こう側に鉄柵《てっさく》の入り口が見えた。

　あれが『城』。

　九龍の中枢は、西洋風の尖塔《せんとう》こそなかったが教会に見えた。石造りのような外見だけれど、よく見ると、屋根の張り出しから木材が見えていて、石木混合建築なのだというのがわかる――一八〇〇年代の中国南部によくみられる建築法なのだそうだ――わたしはゆっくりとその建物に向かって歩いた。

　濃霧が途切れて、わずかに見通しが良くなった。

　建物の前に女性が立っている。黒一色のスーツ姿で、短髪だったから男性かと見間違えたけど、近寄ってみると性別は間違えようもなかった。薄化粧した顔は、性格がきつそうだけれど整っていて、薄い唇に、毒々しいほど赤い紅をさしていた。

「いらっしゃいませ」

　その人は日本語で、慇懃《いんぎん》に一礼した。

「本日はようこそ『城』へ。城塞《じょうさい》福利厚生事業部会の中枢である『城』は、良質の妹仔を提供しております。完全会員制ですので、一定額のご寄付をいただき、ご身分を保証する情報を提供していただく必要があります。手続きが完了すれば、豊富に取り揃《そろ》えました人材に、きっとご満足いただけるでしょう。

白人、黒人、黄色人種、それらの混交、容姿もすべてご指定いただけます。年齢もお好みに応じて十八歳までの娘がそろっております。

教育はきちんと施されていて、性格も調整が可能です。法的な心配はまったくございません。わたくしどもは各国の養子縁組や就業制度について、専門家と共同で研究し、問題の発生しない手続きを行っています。

先日お越しいただいた日本のお客様などは、マカオの別宅のほうに使用人が欲しいというお申し出でしたので、容姿端麗で、どんな命令も拒まない従順な娘を提供し、大変にご満足いただきました。

お支払いは、税制や法的な問題が生じない方法をいくつかご用意しています。マカオの専用口座をご利用いただき、香港ドルをご利用いただくのがおすすめです。

何かお探しの人材がおありですか？　小間使いから上等の使用人、愛人にいたるまで、ご要望をいただければ、きっとお望みの人材が見つかりましょう」

なんでもないことのように話す相手に嫌悪《けんお》を感じた。

「――いえ、わたしは」

そんな用事で来たのではないと否定しようとした。彼女は嗤《わら》って、

「失礼しました。ほんの冗談です。わたくしは白と申します」

「バイさん？」

「はい。アラガキ様ですね？　シェリー様のお孫さんだとうかがっています。はじめまして、わたくしはこの『城』で城主の補佐役を務めています」

「補佐？」

「『城』のナンバー2の立場であるとご理解ください、アラガキ様」

「風でいいわ。バイさん」

　わたしはできる限り平静を装《よそお》った。風姫のシェリーの孫娘という立場なら、きっと幹部が姿を見せるだろうという、チェンの読みは正しかったのだということになる。

「フー様ですね、かしこまりました。『城』では、日本語でも通じますよ。回流移民の中には、日本語が理解できるものもいますし、日本の統治時代から受け継がれた文化も多い。ここでは教育も行われていますので、日本語も勉強するのです」

「わざわざ日本語を？」

「ええ。顧客には日本の方もいらっしゃいますので」

　バイは当然のように答える。

「ここはその、奴隷《どれい》を扱っているところなんでしょう？」

「我々は、人材を提供するのを生業《なりわい》にしています」

「でも――」

「フー様のご懸念《けねん》は理解できますよ。一八〇〇年代にもイギリスを中心にして、妹仔を奴隷制度だと糾弾して、問題視した人たちがいました。それで、先人の華人エリートたちは、中国の文化的慣習である妹仔と、奴隷とを分けて考えるように工夫したのです。これは先人の知恵なのですよ」

「詭弁《きべん》では？」

「それは――フォンジェンの見解でございましょうか？」

「……いえ、ちがいます」

「さようでございましょうね」

バイはとって付けたような笑みを浮かべる。

「それで本日はどのようなご用件で？」

「シャクティという子がここに来ませんでしたか？　ホンファという女性を追ってきたはずなんですけど」

「なるほど」

バイは赤い唇を拭《ぬぐ》うような仕草をした。「城塞福利厚生事業部会から報告は受けています。彼女は、今朝、この『城』を襲撃したのですよ」

「はあ？」

わたしは頭を抱えた。どうやら、シャクティはひと悶着《もんちゃく》起こしたらしかった。

「目的は、ホンファを連れ出すことにあったようです。幸い、その目論見《もくろみ》は失敗しました。『城』の警備が負傷させられましたが、ホンファを連れ出すことはできず、シャクティさんは逃亡しました」

「逃げた？」

「はい。ただし、こちらにも面子があります。この事態をそのまま放置するわけにはいきません。シャクティさんには追手がかけられました。それから、フォンジェンにも問い合わせが行われました。今は、組織間で折衝と調整が行われているはずです」

「そんなことになっていたんですか」

「何もご存じなかったのですね」

「ええ――」

シャクティの下宿に城塞福利厚生事業部会がいた理由が分かった。シャクティが逃げている最中なのだとすれば、わたしがここにいる必要はなさそうだ。ホンファのことが気になったけれど、今、それを問題にして突っ込むのは得策でない気がした。なにより、シェリーが介入しているのであれば、戻ったほうが良いだろう。

「そうですか。事情はよくわかりました。わたしは一度帰って――」

「お帰りいただくわけにはまいりません」

　バイは、足音もなくわたしに歩み寄った。

「どういう意味です？」

「シャクティさんの襲撃で、我々の面子は丸つぶれです。フォンジェンから速やかに謝罪を引き出すためにも、あなたの身柄を確保しておいたほうがいい」

　バイは懐《ふところ》のあたりに手をあてている。刃物か、あるいは拳銃《けんじゅう》だろうか。

「わたしを人質にするつもりですか？」

「必要があれば、ですね。さあ、来ていただきましょうか。一応警告しますが、大人しくしておいたほうが身のためです。多少、傷をつけたとしても問題にはならないでしょうから」

　物陰から、こちらをうかがういくつかの視線を感じた。すでに囲まれている。ここでバイを振り切ったとしても、土地勘のない場所で逃げ切れるとは思えない。

「……わかりました」

　おかしなことになってしまった。シャクティを連れ戻すはずが、わたしが囚《とら》われの状況になった。ミイラとりがミイラにというわけだ。

「賢明ですね。では、あらためて――」

　バイは、芝居がかった仕草で頭を上げて、

「――ようこそ、『城』へ」

「まずは、龍《ロン》に会っていただきます」

　バイは、そう切り出す。

「この『城』の責任者です。城塞福利厚生事業部会から、妹仔の選定と教育、出荷を任された城主です」

「その人が何の用があるっていうんですか？」

「フォンジェンの目的について、お聞きしたいことがあるそうです」

「目的って、わたしは何も知りません」

「あなたはシェリーの孫娘でしょう？　何もご存じないとは云わせません。まして、このタイミングで『城』を訪れるのは何か意図したことであったはず」

「誤解です」

　だいぶおかしなことになってしまった。妙な嫌疑をかけられている。

「申し開きは、ロンになさるといいでしょう。さあ、こちらです」

　中へ入ると、まずは長方形の広間があった。装飾は凝っていて、赤と金を基調にして、龍などの彫り物も目立つ。バイはそのまま二階への階段をあがっていく。わたしも後に続いて階段を上がった。

バイは、わたしからつかず離れずの距離で廊下を案内した。使用人らしいエプロン姿の老婆《ろうば》がやってきて、バイに何事か耳打ちした。彼女はうなずいて、

「ロンは入浴中ですが、そのままお通しするようにとのことです」

「入浴が終わってからでもいいのでは？」

「時間の無駄を嫌う方です。同性なのですから、問題ないでしょう？」

「そういうことではありません」

文化の違いなのだろうか——そんなはずはないが——どうも聞き入れられそうにない。

そうして、わたしは浴室の前に案内された。脱衣所で、

「浴衣《ゆかた》にお着替えください。着ているものはそちらの籠《かご》へ。装身具も外してください」

そう云って渡された浴衣に着替える。

バイはその場にとどまり、わたしは不安な気持ちを抱えたままで進んだ。

大理石の豪奢《ごうしゃ》なつくりの脱衣所だ。どこまでも磨かれていて、外のスラム街とは別世界のような光景だ。ガラス張りの仕切りがあって、その向こうが浴室らしかった。うっすらと湯気で曇ってすべては見通せない。

わたしは意を決して、浴室へ入った。

——二日前、城、ホンファ

九龍城に巣くう組織が『城』と呼ばれるのには理由がある。妹仔を扱い、人身売買を生業とするために、それは女だけで組織される。組織の長は『龍』と呼ばれ、代替わりのたびにその地位が受け継がれた。そのシステムが、勢力争いや政争によって城主を変える城という構造物と酷似したため、いつからか組織は『城』という名称で呼ばれるようになった。

九龍の『城』だ。

——わたしはそこへ赴いた。

「ホンファ、服はすべて脱ぎなさい。装身具の類《たぐい》も着用はゆるされない」

『城』の娘たちの教育係、バイが冷然と云った。

バイを一瞥《いちべつ》してから、服を脱ぐ。上着のポケットにかすかなふくらみを感じる。大切にしまっていたダブルハピネスのピアスだ。それを取り出して、片側だけのピアスを見つめた。

ほんの一瞬だけ、楽しかった時間が思い出された。それを悟られないよう、すぐ無表情を装った。服をすべて脱ぎ捨てて、ピアスを手の中に握りしめた。そうすると、不思議と不安や恐れが遠のいた。片側だけのピアスは自分がこの世に独りきりではないということを実感させてくれた。

　こちらの裸身をじっと見ていたバイは、眉《まゆ》をひそめて、

「その火傷《やけど》の痕《あと》は？」

「話す必要が？」

「キズモノは価値が下がる」

「わたしを見て、価値が無いと思えば捨てればいいだけです」

　そう返すと、バイは顎をしゃくって、

「浴室へ入れ。中にいるのは、『城』の長をしているロンだ。お前が妹仔として、ふさわしいかどうかを見定めてくださる」

　バイは、ガラス扉の向こう側を指した。わたしは、飴色《あめいろ》に磨かれた床を素足で歩いて、ガラス扉を開けて浴室へ入った。中は驚くほど広かった。床や壁に使用されているのも共同浴場のような安っぽいタイル張りではなくて、人工石や大理石がふんだんに使われていた。

　膨大な湯をたたえる浴槽も大理石で、その浴槽には海獣を模した像の口から湯が流れ込んでいた。

　九龍のような貧民街にあって、外とは別世界のような浴室だ。日々の食事を心配する人々がいる中で、こうした浴室を使って、文字通りの湯水のごとく贅沢《ぜいたく》をする者がいる。

浴室内は湯気で曇って見通しが悪かった。

「驚いたか？　なかなかのものだろう。九龍城の問題点は水にある。上下水道が完備されていないために、水は貴重であり、高級品だ。井戸があるが、汚染されているし、公共から引いた水道管は劣悪で、おまけに水道を占拠するチンピラが金を要求する始末だ。自前で水道管を整備して、ここへ直結で配管し、欧州から輸入した給湯設備で湯を沸かす。云うほど簡単ではない。莫大《ばくだい》な金がかかる」

広大な浴槽の縁にもたれかかって、こちらを見ている女がいる。全身に禍々《まがまが》しいほどの龍の刺青《いれずみ》。濡《ぬ》れた黒髪が文様を描いて体にまとわりついていた。

「わたしはロン。この『城』の主《あるじ》だ」

「……ホンファです」

わたしが名乗ると、ロンは不審そうに眺めて、

「家名は？」

「ありません。わたしは捨てられた身です」

「北欧か、露西亜《ロシア》系の血が混じっているな。名のある家の主が、気まぐれに妾《めかけ》に産ませた子といったところだろう？」

「たとえそうだとして、何の関係がありますか？」

「気が強いな。強情を張ってるふうでもない。持って生まれた気質か」

ロンは立ち上がると、縁に腰かけた。

「出身は上海。名前は李紅花」

「調べたのですね」

「『城』が無条件にお前を受け入れると思ったか？　わたしたちの顧客は、上流階級の華人や、海外のエリート官僚だ。それらがパトロンとなって、この『城』という仕組みに莫大な金を拠出してくれる。ただの人身売買に、こんな贅沢な浴室をつくるだけの資金力はない。それもこれも、良質な妹仔を求めるがゆえだ。お前にその資格があるのかどうか、調べるのは当たり前のことだろう？」

「不遇の娘を売っていることに変わりはありませんね」

「そのとおりだ。そうしてやってきたお前は不遇の娘というわけだ。上海を出奔したのは何のためだ？　父親に性的虐待《ぎゃくたい》でも受けたか？　その背中の引きつれは刺青を消した痕だな？」

「答えを知っていて、質問をしているのであれば不毛です」

「お前の口から聞きたい。わたしはそういうやり方をするんだ」

ロンがにんまりと嗤った。口の端が裂けそうなほど広がる。その顔は龍というより蛇というほうが似合っていた。

「……上海を出たのは、李家の相続問題から離れたかったからです。父は、わたしを人として扱いませんでした。この刺青は、その証《あかし》で、わたしは肌にそれを残しておく理由が無かった。肌に傷がある娘は価値が下がりますか？」

「いいや、龍の鱗《うろこ》のように見えて希少性を感じる。好事《こうず》家《か》なら、むしろ喜ぶだろう」

「では、あなたは困りませんね」

「消した刺青は、どんなものだったんだ？　それを刻んだのは父親だろう？」

「わたしの信仰を貶《おとし》めるものでした」

「なるほど。父親を愛していたか？」

「愛しているわけはありません」

「しかし、お前は父親を殺そうとはしなかったな？」

ロンの質問に、はじめて動揺した。

「殺意とは、他者をこの世から永遠に消し去りたいという願望だ。それを抱かなかったお前は、父親の存在を肯定していたことになるぞ」

「……ええ、殺意を抱いたことはありません」

「そうか。面白いな、お前は」

ロンは表情を消して、手招きした。

「湯に入れ。体が冷えるぞ」

云われるまま浴槽に入った。冷えた素足に血が通う。

「わたしもひとつ質問をしてよろしいですか？」

「……なんだ？」

　ロンは興味深げにホンファを見た。

「あなたは、どうして人身売買などに関わるのですか？　あなたは才覚があり、強い意志があり、他人におもねるタイプではありません。その気になれば、正業で成功して、人生を豊かに過ごすことも可能でしょう」

「理由は一つ、お前と同じだ」

「わたしと？」

　不可解な思いで首を傾《かし》げる。

「わたしがゆいいつ頼みにする才能がある。人の本質を的確に見抜く力だ。それがあればこそ、わたしは生き延びてこられた。コツがなんだかわかるか？」

「いいえ」

「信じているものを知ることだ。人は、食事だけで生きていくことはできない。どんなに孤独であっても、希望や信仰は存在する。つまり、自分を信じるか、他人を信じるか。そういうことだ」

「わたしが何を信じているのか知っていると？」

「おおよその見当がつくということだ。おっと、話がそれたな。人身売買に関わるのは、それがわたしの信じる者に関わるからだ。

わたしは貧家の生まれで、物心つく前に娼館《しょうかん》に売られた。そこでたっぷりと、人の愚かさや穢《けが》れを吸い込んで育った。泣き叫ぶ娘を欲望の玩具《おもちゃ》にする連中を見てきた。やつらは、わたしを人間扱いしなかったし、わたしはやつらを人間だとは思えなかった。わたしを助け出したのは、コミュニティに関わる幹部の一人だった。才覚を見出《みいだ》されて、この『城』を任された。奴隷が、奴隷頭に出世したというわけだ。

さて、わたしが信じている対象がわかるか？」

「その救い出してくれた人ですか」

「そうだ。地獄から救い出し、新しく地獄を与えてくれた。だが、わたしはそれだけで終わるつもりはない。この地獄を、さらに拡大して世界中に広げるつもりだ。人が、人を、人だと思わなくなる。それは素晴らしいことだと思わないか？」

「あなたは狂っています」

わたしは首を振った。

「そうだな。しかし、お前も同じだ。他人に自分の希望を重ねている」

「わたしは――」

「――お前の関係者にフォンジェンの人間がいるな？」

ロンの言葉に、抑えていた感情があらわになった。

「シャクティは関係ありません。フーも」

「そうか。だがね、フォンジェンは女系コミュニティだ。わたしたちの後援組織のひとつでもあるが、それはシェリーが現実主義者で、人身売買や娼館に関わって内部変革を試みようとしているからだ」

「わたしはフォンジェンとは関係ありません。もし、関係があるのであれば、聖母院は支援されて、わたしはこの場にはいません」

「そうだな。しかし、フォンジェンの連中は、友人であるお前が身売りしたと知って、黙っているかな？」

「それは――」

　迷いを振り切って、

「――わたしが彼女たちを拒絶すればすむ話です」

「何があっても戻らないと？　では、その覚悟を見せてもらおうか」

　ロンが指を鳴らすと、ガラス扉が開いて、バイが入ってきた。その手には、大ぶりな肉断ち包丁が握られていた。

「それで、左手の指を切り落とせ」

　酷薄な笑みを浮かべて、ロンは命じた。「妹仔に六本目の指は不要だ。それは不良の証として、値を下げることになる。お前の覚悟の証として、その指を切り落として見せろ。もはや妹仔として生き、二度と戻らないという覚悟だ」

湯から上がり、右手で包丁を受け取った。左手を湯を吐き出す海獣の像に押し付けた。左手の中には親友と分けたピアスがある。それをロンやバイに悟られないように注意しながら、厚みのある刃を六本目の指に押し当てた。

「覚悟はできています」

そうして刃は指に食い込んだ。

骨を断つ鈍い音。

鮮血がほとばしり、海獣の貌《かお》を禍々しく汚した。

苦痛に耐えるわたしを、ロンは舌なめずりして見ている。

「その指を、お前の大切な友人に届けよう。どんな反応をするか楽しみだ」

10　龍と聖女、現在

わたしは、『城』の主であるロンと会見すべく、浴室へ入った。

『風、困難な状況になったらね、自分自身を奮い立たせるの。そうすれば、きっと活路が見出せるわ』

母の教えが思い出された。それで、わたしは臆《おく》する自分を叱咤《しった》して前へ進むことができた。そうだ、今更、引き返すなんてできない。

室内の様子があらわになる。まず、内部は広く、空気は湿っている。ほんのかすかに花の香りがした。

円形のプールのように大きな浴槽が中央に設置され、海獣を模した彫像が端に鎮座していた。浴槽に湯を吐き出す役割を担《にな》わされているのだろう。

全体は二十畳はある空間だ。

うっすらと濡れ、口元から水滴を滴《したた》らせる海獣。

灯はオレンジ色に光って、床や浴槽の人工石をぎらぎらと反射させている。

最奥《さいおう》に湯けむりを纏《まと》った人の影がある。そこへ向かってゆっくりと歩いた。

奇妙なことに気がついた。

浴槽が空っぽだ。空気にはじゅうぶんな湿気が含まれているから、つい先ほどまで湯が張られていたのは間違いない。

浴槽の縁に寄りかかって女性が座っている。

不可解な気持ちで、浴槽を回り込むようにして近寄った。

だんだんと、姿かたちがあらわになる。比較的若くて、三十前後ではないかと思われた。全裸で、全身にあますところなく龍の刺青が彫られている。

もう一歩踏み出して、わたしは立ち止まる。

女性は、眼を見開いて、こちらを凝視していた。

戦慄《せんりつ》に震えた。

混乱して、思わず尻《しり》もちをついた。脇《わき》にあった桶《おけ》にぶつかって、それが派手な音を立てて転がった。

「どうかなさいましたか？」

浴室の外からバイの声が聞こえた。

さまざまなことが頭の中をめぐりながら、これがまずい状況なのだというのだけは理解していた。

とにかく確かめなければならない。そうして、屈《かが》みこんで女性の身体《からだ》に触れる。

一縷《いちる》の望みは潰《つい》えて、尋常ではない事態を確信した。

シャクティとホンファを追って、この暗黒街にたどり着き、そこで——

「ロン？」

再びバイの声が聞こえた。彼女は異変を察知したようで、すぐに浴室へ踏み込んできた。浴槽を一瞥して、それから女性の傍に屈みこんでいるわたしを見る。

「お前」

バイが叫んだ。そうして、一目散に駆け寄って女性の脈をとった。血相を変えて、

「お前がやったのか」

「ちがう」

あまりのことに、どう否定していいかわからない。

けれど、確かに否定しなければならない。

目の前の女性は——

「ロンを殺したのか？」

浴槽の縁にもたれかかるようにして、ロンと呼ばれる『城』の女主は息絶えていた。

目を見開き、凍りついた表情。少し開いた唇の合間に、牙《きば》のような犬歯がうかがえる。

その口に朱色に印字された『中《チュン》』の麻雀牌を咥《くわ》えていた。

なぜ、ここに牌が？

疑問が渦を巻く。けれど、異様の痕跡《こんせき》は、ひとつの答えを顕《あらわ》しているようでもあった。

海獣の貌のあたりに、薄い血痕がのこされている。それは人間の手の形に見えたが、そう判断するには奇妙だ――
――それは、指が六本あった。

わたしの目の前で死んでいた女性。全身に施された刺青。浴槽の縁にもたれて、見開かれた目がわたしを捉《とら》えていた。

彼女はいったいどうして死んだのだろうか？

暗闇の壁に向かって、わたしは何度となく繰り返した謎解《なぞと》きを試みていた。そうすることぐらいしか、囚われの身となった自分にはやることがない。あの後、問答無用で三畳にも満たないような狭い部屋に閉じ込められてしまったのだから。

記憶を手繰って、情報を整理する。

わたしが浴室に入ったとき、ロンはすでに死んでいた。あの凍りついたような顔は、生者のものではありえない。触れた身体は血の気を失い、脈も感じられなかった。だとするなら、死んだのはもう少し前だ。刺青の施された体には、目立った外傷はなかった。

他殺の可能性は捨てきれないが、事故の可能性もあるのではないか。わたしは、詰め寄ってくるバイにそう示唆《しさ》した。けれど、彼女はすぐ否定した。

ロンの口中には『中』の麻雀牌があり、それはこの死が決して事故や病気によるものではないことを示していた。

そのうえ、浴槽に満ちていたはずのお湯が抜かれ、海獣の像に手形まで残っていた。

あれは――

六本指の手形。

それは奇妙な宿縁にも思われた。

わたしに関わってくる、運命の糸のひとつ。

現場状況は不可解で、第一発見者のわたしはまっさきに疑われた。

バイは、わたしの弁明に耳を貸さなかった。

わたしだけが浴室へ入り、直前まで生きていたロンが殺害されたのだから、状況からしてわたしが犯人というわけだ。

――嘆息。

壁にもたれて、室内を見回す。埃《ほこり》をかぶった椅子《いす》と机が積まれている。ここはたぶん、倉庫代わりに使われている部屋なのだろう。ちいさな窓がひとつあるだけで、ゆいいつの出入り口であるドアには、外から鍵《かぎ》がかけられていた。

これからどうなってしまうのだろう。

ロン殺害の濡れ衣《ぎぬ》を着せられたまま、報復で殺される？

わたしが風姫のシェリーの孫娘だと、バイは知っているので、性急なことはしないとは思うものの、暗黒街の人身売買組織に理性的な対応を求めるのは間違っている。

胸中に不安が満ちる。

なんとか気を紛らわそうと、立ち上がって開いた窓の外を見た。

小さな窓は、とても人が出入りできるような大きさではない。頭は通るけれど、肩でつかえてしまうだろう。外には枯れかけた木が一本立っているだけで、その向こうに廃墟のような街並みが見える。『城』の周囲はフェンスがあるから、立ち入ってくる者はいない。当然、通りがかりの人間に助けを求めるようなこともできない。仮に助けを求めたとしても、この暗黒街で意味のある行為なのかはわからないけれど。

そもそも、わたしは広東《カントン》語が話せない。ヘルプ・ミーと叫んでみようか？　いや、チェンに英語は避けるべきだと云われたではないか。彼を全面的に信用しているわけではないけれど、妥当だと思われる助言は忘れるべきではない。

そんなふうにあれこれと思いを巡らせていると、黒っぽい服で全身を包んだ人影が、フェンスの前でこちらをうかがうような素振りを見せた。かなり距離があったし、角度的に窓から身を乗り出さないと、わたしを認識できないはずだ。にもかかわらず、こちらを注視すると、フェンスの前で何か動きを見せた。

人影はフェンスの下の方を、何か所かペンチのような道具で切断して、通り抜けられるぐらいの穴をつくった。慎重な挙動を見せているのは、セキュリティを警戒しているからだろう。

フェンスを抜けた人影は、まっすぐにこちらにやってきた。わたしは、その顔を見て、安堵《あんど》とともに気まずい思いがした。

「シャクティ」

「フー」

周囲を警戒しながら、窓に身を寄せてシャクティは、

「無事みたいだな。良かった」

「うん。シャクティのこと助けるつもりで来たんだけど、逆に捕まっちゃった」

「そんなことだと思ったよ」

シャクティの警戒で緊張した顔が、一瞬だけ緩んだ。

「どうして、わたしが捕まってるってわかったの？」

「門番のでぶちんは知ってるだろ？　あいつが教えてくれた。フーがロン殺しの罪を着せられて、捕まってるって」

「ミスターGが？」

「ちょっとした縁でね。あの門番は知り合いなんだ」

「上海でしょう？　詳しい事情は聞いてないけど」

「そうそう。で、とりあえず、フーが無事かどうかだけ確認しに来たんだ。もう少しだけ辛抱して、今から助けに行くから」

「助けにって、いったいどうするつもり？」

「正面から乗り込んで、実力行使する」

「無茶しないで」

「無茶じゃないよ。シェリーに連絡をとったんだ。だいぶ怒られたよ。でも、フーが濡れ衣着せられて捕まってるって話をしたら、力を貸してくれるって」

「シェリーが？」

「うん。コミュニティのほうに連絡して、ちょっと調整が必要になるから、本人が来るまでには時間がかかる。それまで、代理人としてフーを守れって」

「それで？」

「これから、バイと交渉する」

シャクティは、その場から離れようとした。

「それじゃ、行ってくる」

「シャクティ」

わたしは、シャクティを呼び止めた。

「なに？　あまりここに長居すると、『城』の用心棒連中に見つかるかもしれないんだ」

「あのね、もしかしたら、わたし余計な事してるかもしれないと思った。シャクティとホンファのこと助けなきゃって、そればっかり考えて。でも、こうして捕まってしまって……」

「あたしがフーでもそうしてるよ」

「うん、それはそうなんだけど」

わたしは、ちょっとじれったい気がして、自分に腹が立った。謝ると決めて、ここにやってきたのではなかったのか。

「シャクティ、今朝のこと、ごめん」

「うん?」

シャクティは、一瞬何のことかわからない様子だった。

「わたし、色々あって焦《あせ》ってた。ホンファのことも、もっとよく考えるべきだった」

「ああ、そのことか」

シャクティは苦笑して、ばつが悪そうに頬を掻《か》いた。

「あたしこそ、ごめん。ホンファが気になって、フーの気持ち考えられなくなってた」

「うん。ホンファが思いつめて、こんなところへ来るってわかってたら、わたしだって普通にしてられなかった」

「あいつ、見た目は大人しそうな感じなんだけど、あたしなんかよりずっと無鉄砲なんだ。昔から、こうと決めたら退《ひ》かないところがあって。少し前から、なんだか思いつめてて、何かやらかしそうだった。だから、放っておけなくってさ」

「わかる。連れ戻そう。もう一度、今度は強行にシェリーにお願いして、聖母院への支援をしてもらうようにするから。それで、また三人で遊びに行こう」

「いいね」

ようやくシャクティはいつもの笑みを見せた。わたしは窓から手を差し出した。シャクティは手を握ってくれた。

「本当云うと、凄《すご》く怖かった」

「当り前だよ。ここは、危険な場所だからね」

「うん、来てくれて嬉《うれ》しい」

「バイに文句云って、フーを解放してもらってくるよ」

「ありがとう」

お礼を云うと、シャクティは彼女の最上級の笑顔で返してくれた。

しばらくすると、いかにも不本意そうなバイがあらわれて、わたしを解放してくれた。

そこには一緒にシャクティも待っていて、どうやら彼女の交渉は実を結んだようだ。

「コミュニティからの連絡を受けています。とりあえず、経緯がはっきりするまで、フー様と、シャクティさんに手出しは無用とのことですので」

「ご苦労さん」

シャクティは、睨《にら》んでくるバイの視線を受け流して、手をひらひら振った。

「何かされなかった？」

「うん、だいじょうぶ」

「まったく無茶するよ。あたしを追って、こんなところまでやってくるなんてね」

「それはシャクティも同じでしょう？　ホンファのために、ここへ乗り込んだのだから」

「あたしはへましちゃったけどね。そのせいで、だいぶシェリーに迷惑をかけた」

「ホンファはどうなってるの？」

「わからない。まだ確かめてないんだ」

そう云って、シャクティはバイのほうへ視線を向ける。

「まだ、疑いが晴れたわけではありません。コミュニティが意思決定して、きちんとした調査が終わるまではここにいていただきます」

「あたしたちを閉じ込めておこうってわけ？」

「これは我々としても穏当な処置ですよ。組織のトップが殺されたのですから、普通なら問答無用で報復しているところです」

「フーは殺してない。あたしも無関係だ」

「今朝、この『城』を襲撃した人の言葉を信じろと？　あれがロンを暗殺するためのもので、それが失敗したからフー様が手を下したのではありませんか？」

「まいったね」

　シャクティは肩をすくめて、「今朝、腹にパンチを叩《たた》きこんだのが、お気に召さなかったみたいだ」

「拘束はしませんが、出られるなどとは思われませんように」

　バイは、色白の顔を紅潮させてにらんだ。どうやら、シャクティに痛い目にあわされて、それを根に持っているらしい。

　シャクティはどこ吹く風で、

「なら、ロン殺しを調べて構わない？」

「調べる？　何をです？」

「誰が殺したのか、だよ。真犯人がわかれば、フーは放免になるんだろ？」

「それはそうですが——」

　バイは、疑ってるふうだ。シャクティは強く念押しして、

「これはフォンジェンの意向だ。それなら、文句ないだろ？」

シャクティが強く現場の確認を求めたので、バイはしぶしぶ応じた。それで、わたしたちはロン殺しの現場である浴室へ戻った。

不安は消えたわけではなかったけれど、シャクティがいてくれればなんとかなるような気がした。自分でも楽観的だとは思うけれど、一人ではないというのは心強かった。

「まだ、ご遺体は運び出してはいません」

バイは、戸口のところに立ってこちらを監視している。

シャクティは周囲を見回してから、浴槽のほうへ歩いて行った。

浴槽の縁に女性がよりかかるような姿勢で座っている。全身に彫られた龍の刺青。年齢は三十前後。この『城』の責任者であるロンと呼ばれる女性だ。

「警察には連絡したんですか？」

わたしは、声が震えるのを抑えて聞いた。

「警察？　いえ、そんなことはしていません。ここに、警察が来るということの意味をおわかりですか？」

バイは、逆にそんな質問をしてきた。

「だって、亡《な》くなられたんでしょう？」

「ええ、殺されています。警察は何かと勘ぐるにちがいありません。そうした面倒ごとを、我々も、『城』をご利用の方々も望んではいないのです」

「殺されたって、そう云ったね？」

　シャクティが口を挟んだ。

「はい。これを見たら、そう考えるしかないのではありませんか？」

「たしかに。この口の麻雀牌《マージャンパイ》は誰かが故意に詰め込んだものだろう。病気か事故だと考えると不自然だね」

「ロンは丈夫な方でした。入浴中に心臓発作を起こしたとは考えられません」

「どうも妙なんだよね。バイ、あんたは頭の切れるほうだ。それが、痕跡があるにせよ、現場を一目見ただけで、殺人と即断してフーを拘束した。理由があるんじゃないか？」

「この『城』は、複数の組織の後援を得ています。しかし、香港すべてのコミュニティというわけではありません。考えの一致しない輩《やから》も少数いるのです」

「つまり、フォンジェン以外の、敵対勢力の暗殺を疑った？」

「内部抗争も含めて。……とにかく、病気でも、事故でも、ましてや自殺でもないのですから、殺人と考えて第一発見者を拘束したのは当然です」

　バイの話で、わたしは少しだけ納得する。最初に、浴室で会見すると云われた意味だ。あれはつまりは、会う人間が暗殺者である可能性を恐れていたのだ。だから、凶器を持ち込むことのできない浴室で会見が行われた。

「なるほど、まあ、バイの立場ならそう考えるのは当たり前か」

「医学的な確証が必要だと主張されるおつもりですか？」

バイは、「しかし、確証を得るためには医者の診断が必要。医者を手配するとなると、少々面倒になりますね。闇《やみ》医者であれば、スラムにいくらでもいますが、闇医者の診断が信じるに値するかは――」

「闇医者の診断ではだめだよ。医者を呼べないなら、他の手段で確証を得るしかない」

「他の手段とは？」

「調べるんだよ。細大漏らさずね」

シャクティはそう云ってから、

「フー、あの麻雀牌、どう思う？」

「似てる……ううん、同じなのかも」

わたしは、自分が持っていた『發《ハツ》』の牌を取り出してみた。刻まれた字の書体といい、質感といい、同じ牌に見えた。

シャクティがハンカチを手にして、死体の口中から牌を取り出そうとした。硬直でがっちりと歯の間に挟まっている。少し力を込めて、なんとか牌を取り出した。

「背面の塗りも同じだね。たぶん、フーの持ってる『發』の牌と、この『中』の牌は、ひとそろいのセットなんだ」

「でも、どういうこと？　母さんが持ってたのと同じ牌を、どうしてロンの死体が咥えてるのかしら」

「一番簡単な解釈は、ランレイ――フーのママ――と、ロンを殺したのが同一人物ってこと」

「それは、無理があると思う。母さんは、ずっと前からその牌を持ってた。つまり、牌は被害者の遺品だよ。でも、ロンの場合は加害者が残していった品でしょう？」

「そこのところがね、腑《ふ》に落ちないんだよな。これがなければ、ロンは事故死したってことになるかもしれなかったのに」

「これが殺人だと思って欲しかったってことかな」

「うん、おそらくはね。――この牌、預かってもいいかい？」

シャクティは、バイに牌を見せて許可を求めた。バイは、少しためらっていたが、

「まあ、いいでしょう」

許可されたので、シャクティは牌をハンカチに包んでポケットにしまった。

「しかし、なんだって空っぽの浴槽で死んでるんだい？　お湯は死体を発見したときに、誰かが抜いたのか？」

「わたしが入った時には、もうこの状態だったわ」

わたしは、ここへ連れてこられたときの状況を端的に説明した。

「じゃあ、ロンは空っぽの浴槽で入浴してたのか？　確かにここは水道事情が悪くて、

井戸水も汚染されてるから使えないとは聞いてるけど」

「特別に水道をひいてあるのです。ロンのいいつけで、入浴される三十分ほど前には、浴槽にお湯を入れたと、小間使いが申しています」

バイが補足説明した。

シャクティが視線を鋭くして、

「入浴中に自分でお湯を抜いた？　それとも――」

「誰かがお湯を抜いた？　そうだとしたら、いったい何の目的でだろうね」

「ねえ、シャクティ、あれをどう思う？」

わたしは浴槽の給湯口になっている海獣を指し示した。そこにある奇妙な痕跡を。

「こいつは……」

六本指の手形。海獣に赤く押された手形を見て、シャクティは表情を険しくした。

「いや、それはあり得ない……」

彼女の脳裏によぎる可能性については口に出すまでもなかった。

「あいつが関係しているはずない」

「そうだけど……」

「それにこの痕跡は古いように思う。見ろよ、少し黒くなりかけている。時間が経過しているんだ。これは、今日押されたものじゃない」

「たしかに、よく見ると時間が経《た》った痕跡だね」

わたしは痕跡を観察して、それからバイのほうをうかがった。

「わたくしはお答えしかねますね」

バイは、空とぼけた。

やはり、確証を得て真犯人を捕まえないと疑いを払《ふっ》しょくすることはできない。

「真犯人はもう逃げてしまっているのじゃないかしら」

わたしは不安を口にした。

「その心配はないね」

シャクティはバイを見て、「そうだろ？」

「はい、もちろん。フー様を含めて、当時この建物にいた人間全員を足止めしてしてあります。抜かりはありません」

「だとするなら、ロン殺しは直接会った人物だけが可能という結論になる。まあ、だからフーが疑われたんだろうけど」

「ここにいる人だけが、犯人候補ってわけね」

わたしは納得した。

「バイ、ひとつ提案がある」

シャクティは海獣の像を入念に調べてから、

「関係者に会わせて欲しい。当時、この建物にいた人物だ」

「……よろしいですよ。あなた方が、自ら潔白を証明したいというのなら、それを止める理由はありません」

バイは、少し考えてから応じた。

「じゃあ、会って確かめてみよう」


ロンの死体がある浴室から、廊下を一本隔てた応接室へと場所は移っていた。関係者に会う前に、そこで、よく状況を吟味しようということになった。

果実のような香りのお茶が出される。

「白茶《パイチャ》です。福建省の上物でございますよ」

バイは、執事のような態度を装《よそお》っていた。

「いい香り。果物みたい」

わたしは茶碗《ちゃわん》から立つ湯気に、思わず目を細めてしまった。

「発酵度が浅いうちに自然乾燥させたお茶です。フー様のような日本人にも味わい深いものだと思います」

バイの勧めでお茶を口にして、わたしはうなずく。確かに美味《おい》しい。横を見ると、シャクティがしかめ面《つら》で茶碗を見つめている。猫舌だから冷めるまでお預け状態なのだ。

　シェリーの威光が効いているのか、待遇は天と地ほども変わっていた。殺人犯の疑惑を向けられているのは確かだろうけれど、一応はお客様扱いされているようだ。

「公共福祉です。ここで行っているのは」

　バイは、そんなふうに説明した。

「孤児や他に寄る辺のない人たちに、教育と仕事を与えるのを目的にしています」

「人を売っているのでしょう」

「それは見解の相違ですね。フー様は、わたしたちに手数料をとらず、まったくの無償で仕事をしろとおっしゃるのですか？」

「本人たちの意思の問題があるわ」

「当事者はよく理解していますし、同意も得ています」

「本当に？」

「どうにもこれは――」

　バイは、シャクティのほうを見ながら、「――平行線ですね。我々の普段の仕事ぶりに対する挑戦か何かなのでしょうか？」

「ただ、背景事情を知るための質問だよ」

　シャクティは、わたしに軽くうなずいてから、

「ロンに近づける人間はどのくらいいたんだ？」

「限られています」

　バイは、少し考えるような素振りで天井を見上げた。

「ここは九龍城の中でも、もっとも古い部分です。暗黒街として、近年に拡張された建物ではなくて、城塞として使用された頃の名残がある数少ない場所です。建物は、他から独立していて、ロンが使うスペースとして確保されていました。出入りは限定的になります。出入口は、一階のみ。ご覧になっていると思いますが、鉄柵《てつさく》のある頑丈な扉があって、そこは通常は閉まっています。扉が開けられるのは、門番から連絡があった時のみです」

「こんな商売だ。恨みを買うことも多かっただろう。警戒していたんだね」

「はい。ロンは特別に用心深い方でした」

「それで、建物の内部には何人いたんだ？」

「八人いますね。わたしと小間使いの婆《ばあ》や、それから新しく入った者が六人ほど」

「新しく入った者？」

「慣習なのですよ。ロンは、『城』に来た者たちを、一定期間は手元に置いて、よく選別されようとするのです」

「妹仔の品定めってところか」

「解釈はご自由に」

「ロンは、女性が好みだったのかな？」

シャクティが視線を鋭くすると、バイは咳《せき》払いして視線をそらした。

「わたくしは存じません」

「なるほどね」

ふんと、シャクティは鼻を鳴らし、

「扉の施錠を行っていたのは誰だい？」

「わたくしが」

「フーが来る以前に、出入口の扉が開かれたことは？」

「ありません。わたくしがずっと扉のところでお待ちしていました。そこに外と繋《つな》がる内線電話がありまして、門番からの連絡があって扉を開きました。それ以前は、ずっと閉められたままでした」

「施錠はどうなってる？　特殊な鍵なのか？」

「ええ。定められた番号を打ち込み、専用の鍵を使用しなければ開かない仕組みです」

「厳重だね。鍵を持っているのは？」

「ロンとわたくしだけです。わたくしは、自分の鍵はこのとおり肌身離さず携帯しています」

「ロンの鍵は？」

「書斎の金庫の中でしょう。そちらは、ロンしか番号を知りませんので、問題にならないと思います」

「つまり、あんたの証言に誤りがなければ、この建物にいた人間にしか、ロンに危害を加えるのは不可能だったってわけだね」

「そうなりますね」

「バイ、あたしは、あんたをいけ好かない女だと思ってるけど、だいぶ有能な部類の人間だとも思ってる」

「おや、評価していただいていたとは、意外ですね」

「うん。あたしがあんたなら、考えられる可能性について、手を打っておいただろう」

「それは——」

「違う？」

「いいえ、たしかに万が一の可能性は考慮しました」

「で、何をしたんだい？」

「必要のない措置とは思いましたが、新入りの六人については一つの部屋に集めて、隔離しました。施錠できる部屋なので、逃亡する心配はありません」

「そうだろうと思ったよ。もうひとりの、小間使いの婆やはどういう人物なんだい？」

「名前はチュンと云います。大昔にここに来たのですが、少々目が悪いので引き取り手がなく、そのまま小間使いとしてここに居ついたのだとか。なんというか、欲のない人間で、どんな悪徳にも加担していないと断言できます」

「まあ、それは後で確認してみよう」

「では、その者たちを連れてきましょう」

バイが、部屋を出て行く。

わたしはあらためて事件を考えてみる。

――あの現場はいったい何を意味しているんだろう？

外傷のない死体が咥えた麻雀牌。お湯の抜かれた浴槽。海獣の貌に残された血濡《ちぬ》れた六本指の手形。

他はともかく、海獣の貌に残された血濡れた六本指の手形に関しては、ある人物を思い起こさずにはいられない。神の不在を説いた、彼女のことを。

六人の娘が呼ばれ、中央の円卓を囲んだ。

その娘たちの視線がわたしへ集中した。それはバイやシャクティとは違う、異質な人間に対する好奇であるようだったし、いくらか独特な嫉妬《しっと》じみた感情も混じっていた。

妹仔、というものについて、わたしは今だにぴんとこない。文化的な違いがあるのはわかる。それを理解したうえでも、なお、疑問が残った。特に、円卓を囲む娘たちが、ちょっと見たことないぐらい美人ぞろいなのが気になった。養子としての縁組、公共福祉などという、バイの主張が信じるに値しない戯言《ざれごと》だとわかる。

「白――」

手前にいた派手な顔立ちの娘が、広東語で何かバイに云いかけた。バイはそれを遮って、

「薔華、この方々はフォンジェンだ。云いたいことは日本語で」

「フォンジェンって……」

チァンファと呼ばれた娘が、少し驚いたように「いったい何があったの？　今朝からずっと部屋に閉じ込められて、ぜんぜん事情が分からないわ」

「面倒ごとが起こったのはわかるでしょう。それで――」

「その内容が問題じゃない」

チァンファは語気を鋭くした。ふわふわした髪と、下がり気味の眦《まなじり》からは想像できない強気っぷりだ。

「わたしたちがどうして、閉じ込められているのかっていう理由が知りたいのよ」

「ロンが死んだ」

バイが、威圧するように声を低くした。「それで、ここにいる人間は全員に事情を聞くことになったのです」

「ロンが死んだですって？」

チャンファは驚き、他の娘は困惑顔だ。

「どうして死んだの？　まさか、殺された？」

「そういうことです。疑念は払しょくされなければいけません」

「わたしたちが疑われているんでしょう」

冷ややかに云い放ったのは、糸のように目の細い、東洋系の美しさがある娘で、

「マーメイ、やめましょう」

「だけどね、シン」

マーメイと呼ばれた子が不服そうに反駁《はんばく》する。制止した真面目《まじめ》そうな眼鏡の娘はシンというらしい。

「誰が殺したんだろう？」

「誰が殺したんだろうねえ？」

双子らしい、顔立ちが瓜《うり》二つの娘二人が囃《はや》し立てるように嗤《わら》った。

「鈴玉、鈴麗、おやめなさい」

バイが、そう云って二人をたしなめる。それぞれ、リンユー、リンリーと発していた。

「やはり、あなたが来たのね」

円卓についた娘たちの反応をよそに、彼女だけはシャクティとわたしに落ち着いた視線を返した。親しい時間を過ごして打ち解けた友、ウォンタムホウのサンセットをまばゆく見つめた女の子はそこにはいなかった。

心境の変化というより何かがあったのではないかと不安になる。決意して、もう戻れない道を進み始めた人の顔だ。

美しく着飾ったホンファは少し微笑《ほほえ》んで、

「これも運命かしら」

場が混乱したので、六人の娘に対して、個別に事情を聞くということになった。わたしたちは別室へと移動した。待合室のような狭い部屋で、小さな卓と椅子が三脚。わたしとシャクティは向かい合う形で座った。

「ねえ、犯人捜しはもちろんやるべきだと思うけど、あのバイって人が犯人だったら、意味ないんじゃない？」

「確かに、バイの立場だったら、ロンを殺して証拠をもみ消すくらいはわけないと思うけど」

シャクティは問題にしていないというふうに首を振って、

「それはあり得ない。あたしは、何度かシェリーの使いで、あの女と会う機会があったんだけどね、ロンを殺すような人間じゃない」

「善人っていう意味じゃないわよね」

「違うね。もっと冷酷で計算高いってこと。ロンを殺して、見合うような利益はないって、あの女はよく理解しているはずだよ。ひとつ間違えば、香港のコミュニティから命を狙《ねら》われかねないんだから」

「信用していいってこと？」

「今のところはね。そうじゃなけりゃ、ぶっ飛ばして、フーとホンファを連れて帰っている」

「こんな状況で暴れないでよ」

「わかってる」

シャクティが応じたところで、廊下から足音が聞こえた。扉が開いて、バイが姿を見せる。先ほどの部屋にいた五人のうち、最初にバイに食ってかかった娘――たしかチァンファという名前だ――を連れていた。

「まずは、チァンファからです。わたくしも同席します」

「ああ、もちろんだ」

　シャクティがそう答えると、むすっとした顔をしてチャンファが空いた席に座り、バイは壁際《かべぎわ》に立った。

「何があったのか詳しく聞かせて欲しい」

「何って、何があったのか、こっちが聞きたいくらいよ。ええと――」

「あたしはシャクティ。こっちはフーだ」

「フォンジェシの人よね？　まさか今回のことで、わたしたちの縁組に関して、いちゃもんをつけようなんて考えてる？」

「そんなことはないよ。あんたが今回の件と関わりないと証明されればね」

「もちろん、関係ないわよ」

「いつから『城』に？」

「五か月くらい前。父が行方不明になってしまって。ＩＤカード狙いだと思う。行くところもなくて困ったから」

「なるほど」

　シャクティは事情に疎《うと》いわたしを気遣って説明してくれた。

「香港のＩＤカードは高く売れるんだ。パスポートの偽造とか、密入国に使うらしい。それを狙って強盗があったりする。行方不明になるのはそういうことだよ」

「身分証明書を奪うための強盗って、ちょっと想像を絶する」

わたしの感想を聞いてチャンファは、

「あなた、どこから来たの？　香港の人じゃないよね？」

「ええ、わたしは日本から来たの」

わたしが答えると、チャンファは敵意のこもった目で、

「へえ？　そう。あなたからすれば、わたしはさぞ下賤《げせん》に見えるでしょうね。貧しい家の子が、身売りして娼婦になり下がったって、心のどこかで笑ってるんでしょ」

「そんなこと考えなかった」

「ウソツキ！　あんた、自分は正しい側にいるって信じてるやつの目をしてる」

「あなたは、正しいって思う？」

わたしは、チャンファの目をまっすぐ見た。「わたしは思えないよ。自分を売って、それで幸福になれるなんて信じられない」

「詭弁《きべん》だよ」

「でも、あなたも信じてない」

わたしは、卓の上にのった彼女の手を握った。

「やめて」

チャンファは手を払い除《の》けたけれど、その力は弱々しかった。

「……わたし、いい暮らしがしたいってずっと思ってた。容姿には自信があるけど、わ

たしくらいの年齢で仕事をしても稼ぎはたかが知れてるでしょう？　だから、『城』に良家を紹介してもらって、そこで暮らしたいって思った」

「身売りをしてまで？」

「……今なら、わたしを養女のように扱ってくれる上流階級はいるわ。年齢的には最後のチャンス。わたし、手段選んでいられないのよ」

　彼女のように容姿に恵まれていても、環境によって境遇は劣悪になり得る。わたしは彼女を追い詰めるものが憎らしいと思った。彼女の境遇を利用しようとする『城』も。

「ごめん」

　わたしは謝った。チァンファが、ぽかんとした顔をした。

「ごめん、正しいか、なんて聞き方をするべきじゃなかった。みんな、それぞれの事情があって、背負ってるものがあるんだと思う。非難する権利なんて、わたしにあるわけない。でも、でも、でも――」

　わたしのことを、チァンファは凝視している。彼女の目に、どう映っているのだろう？　観光気分が抜けない、のんきな日本人だと思われているだろうか。彼女は遠い目をして、

「……前に、上海出身の友達に聞いたことがある。不遇の女の子を命がけでマフィアから守った人の話。傷だらけになって、正しいことのために闘った。あなたがフォンジェ

ンだって聞いたせいか、なんだか、そんなおとぎ話を思い出した」

「フーは、ランレイの娘だよ」

シャクティが、そう口を挟んだ。

「そう……、わたしも憧《あこが》れた」

チャンファは小さくそう呟《つぶや》いて、それから頭を振って表情を引き締めた。

シャクティは咳払いして本題に入った。

「今日、ロンと会ったか？」

「ええ、もちろん。食事はともにする決まりだったから、みんなで一緒に食べたわ。それから、ロンは仕事の残りを片付けるといって、書斎のほうに籠《こも》られた。わたしは、与えられた部屋で本を読んでいたわ」

「比較的新しく入った六人は、『城』でしばらく良家の慣習や作法について学び、頃合いをはかって妹仔としてひきとられる予定です。各々《おのおの》に私室が与えられ、教育はロン自らがほどこすのが習わしです」

バイが補足した。

「――それで？」

「入浴されるというので、そのお手伝いをしました」

「あんただけが？」

「ちがうわ。わたしの他、新入りの娘は全員が」

「なるほど」

ちらりと、シャクティはバイを見た。バイは素知らぬ顔だ。

「一緒に入浴するわけか。全員が一度に入るのかい？」

「いいえ、順番よ。どういう順かは、その日のロンの気分によるから、呼び出されればいくって感じかしら」

「それで、あんたは何番目だった？」

「最初だったわ」

チャンファは少し誇らしげに、「ロンは、お気に入りの子から呼ぶのよ。わたしはね、たいてい最初か、二番目なのよ」

「浴室に行って、ロンと一緒に入浴したのか？」

「ええ、服を脱ぐのを手伝って、お湯で体を流した」

「それから？」

「それだけよ」

チャンファはそっけなく答える。

「少しお話相手を務めて、それでお役目は終わり」

「時間はどのくらいだった？」

「ほんの十五分くらいだったと思うわ」

「せわしないね。ロンは、いつもそんな感じなのか？」

「そうよ。でも、いつもより短かった」

「うん。それで次の子を呼んだ？」

「わたしの次はマーメイだったと思う。部屋に帰るついでに、呼んでくるように云われたわ」

「その後は？」

「髪を乾かして――それから、血相を変えたバイが来るまで、ずっと部屋にいたわ」

「何か他に変わったことはなかった？　どんな些《さ》細《さい》なことでもいいよ」

「特に何も――いえ、そういえば、ロンは変なことを云っていたわ」

「変なこと？」

「自分を信じるか？」

チャンファの言葉に、シャクティはかすかに顔をゆがめた。

「ロンは何か哲学にかぶれていたのか？」

「知らないわ。そんなこと云われたの、あの時がはじめてだったけど」

「それで、なんて答えたんだ？」

「信じてるって答えたわ。わたしは自分以外に信じられるものなんてないもの」

「ロンはどんな反応を？」

「別に。ただ、そうかって感じだった」

問答の後、チャンファはわたしにささやいた。

「――もっと早く、あなたと会ってみたかった。わたしだけじゃなくて、わたしたち全員がね。そうしていれば、何かが変わったかもしれない。でも、もう遅いのよ。堕《お》ちるところまで堕ちて、後戻りなんてできやしないのだから」

次に呼ばれたのは、マーメイという娘だ。麻美《あさみ》というふうに日本風にも読めるのだけれど、それは偶然で、彼女は生粋の香港人だ。大人っぽく見えるのは、少し化粧が濃いせいだ。他人に侮《あなど》られないように、そういう工夫をしてるのだろう。

「火事にあって両親が経済的に困窮してね、兄弟も多かったから、わたしが家を出ることにした。近所に潮州の人がいて、紹介されて『城』を頼った」

マーメイは、乾いてそっけない口調で自分の出自を語った。切れ長の眼は酷薄そうだけれど、話してみると柔和な印象だった。

「不安はなかった？」

シャクティが世間話のように聞く。

「あったけど、覚悟はできていた。そういう瞬間ってない？　逃げ場なんてなくってさ。ああ、道は決まってたんだなって思うしかなかったよ」

「あたしも貧民街の出だけど、困難があったら、徹底的に戦ってやろうって思った」

「そういうふうに考えられるのは強い人だけ。弱い人は、うまく立ちまわることを考えないといけない」

「うまく立ちまわった結果が、『城』に頼ることなのか？」

「……そう。あたしが良家に入れれば、弟たちに大金が入る。娼館経営のチンピラと違って、『城』のスカウトは女性で、きちんとブランド物のスーツを着込んでた。支度金もくれてね。あんたにわたしの邪魔して欲しくはない」

「邪魔する気はない」

「どうだか」

マーメイは、ふんと、そっぽを向いた。

「弟さんたちは、あなたが身売りしたお金をもらって、それで喜ぶの？」

わたしは、またそんな質問をしてしまった。

「どんな金かなんて、関係ないじゃない」

「弟さんたちだって、あなたに幸せになってもらったほうがいいって考えるんじゃない？」

「知ったふうな口きかないで。あんた、フォンジェンの関係者でしょ。あそこは金満なコミュニティだ。わたしたちの苦労なんてわかるわけない」

そう云って、マーメイはそっぽを向く。この人もチャンファと同じだ。境遇に追い詰められて、『城』へ来た。わたしはそれを悲しく思った。

「ごめん」

わたしは謝った。謝ってばかりだ。マーメイはちょっと気まずそうに、

「……わたしも云いすぎたよ。確かにそうだ。弟たちは、わたしが身売りした金なんかで喜ばない。でも、他にどうしようもなかった」

「マーメイ……」

「関係ない話だったね。忘れてよ」

マーメイは、表情を悟られないようにうつむいた。

シャクティは質問を本題へ戻して、

「ロンのこと、どう思ってた？」

「怖い人、かな。色々な意味で」

マーメイは、バイの視線を気にして言葉を濁す。

「ロンに呼ばれて浴室へ行ったね？」

「チャンファの伝言があって、すぐに行ったよ」

「ロンとはいつも一緒に？」

「あの人は、かなりの長湯だ。それがゆいいつの楽しみなんだって、本人も云ってた。でも、湯に浸かってるだけだと退屈だから、話し相手を欲しがる」

「話相手を務めたんだね」

「そう。でも、わたしからすると、あれはロンの品定めなんだろうって気がしてる」

「品定め？」

「入浴のときって、けっこう素が出るものだから。服をつけていない分だけ、身体《からだ》の所作やクセみたいなものもよくわかる。妹仔は養女みたいに扱われるから、裸の付き合いで、そういうのを把握したいんだろうなって」

「どんな話をしたんだ？」

「たわいもない話ばかりだよ。化粧品のこととか、食べ物の話とか」

「今日もそういう話だけだった？」

「うん――いや、ちょっとだけ変わった話が出たかな」

「それはどんな？」

「自分を信じるかって、そう聞かれた」

　マーメイの言葉に、シャクティは表情を変えずに、

「どう答えた？」

「たぶん信じてるって答えた」

「……それはどうして？」

「自分を疑う理由がなかったから。なんていうのかな、希望みたいなのは抱いていたいっていうか、自分を信じていたほうが良いって思えるから」

「ロンは、どんな反応だった？」

「そうか、って感じだった。わたしの答えそのものよりも、わたしがどう考えているかを知りたかったんじゃないかな。質問も、意味があったわけじゃないと思う」

「ロンは、いつもそういうふうに人を試す質問をした？」

「今日がはじめてだった。いつもは、もっと直接的な内容が多い。どこの生まれだとか、家系はどうだとか、どういう友達がいたのか、とか」

「浴室にどのくらいいた？」

「十五分くらい。その後、別の浴室へ行って体を流してから、バイに呼ばれるまではずっと一人だった」

　マーメイが視線をそらしたのを、シャクティは鋭く見とがめていた。今のは、あきらかに嘘《うそ》だと、わたしにもわかった。彼女は感情を表に出さないように注意していただろうけど、嘘がうまいタイプではなかった。視線をそらしたのは、こちらに意図を悟られないためだ。少なくとも、マーメイはずっと一人でいたわけではないだろう。

シャクティは気にしないふりをして、

「ロンはまた別の子を呼んだんだよね？」

「そうだね。わたしの次は、シンだった」

「そうか――」

シャクティが質問を終えると、マーメイは心配そうに、

「ねえ、シンも、ロンが死んだことには関係ない。あの子、優しくて気が弱いんだ。絶対に変なことには関わってないから」

「残念だけれどね、あたしたちも疑われてる側だ。助けにはなってあげられそうもない」

シャクティがそう応《こた》えると、マーメイは肩を落とした。彼女には悪いが、この後にくる娘たちに、マーメイの証言の裏を取っておく必要がありそうだ。

マーメイは不安げに、

「わたしはいいんだ。自分のことは何とかなる。でも、シンや弟たちには何の力もない。だから守ってやらなきゃ。たとえ、どんな手段を使っても」

三番目に呼ばれた、杏――シンという娘はマーメイが云ったとおり、気が弱そうな外

見だった。大きな眼鏡をかけていて、瞳《ひとみ》は零《こぼ》れ落ちそうなほど大きい。今は、その瞳を不安そうに部屋の方々へ向けていた。

「シン、先ほどまでのことを簡単に質問するだけですから」

　バイが、そう口を挟んだ。

「は、はい。それで、何をお話しすれば？」

「ロンが浴室へ行った後、あんたも呼ばれたんだろう？」

　シャクティがそう聞くと、シンは何度かうなずいて、

「はい。マーメイの伝言を聞いて、すぐに行きました。いつもそうしてるんです」

「それで、ロンと何か話した？」

「わたし、口下手なので、ロンのお話を聞いてるだけのことが多いですね」

「ロンは、何か聞いたりしない？」

　シャクティは平然として質問を続ける。

「――そういえば、変わった質問をされました」

「どんな質問だった？」

「自分を信じるかって」

「それで、あんたはどう答えたんだ？」

「わからないけど、信じてみたいってお答えしました」

「信じてみたい？」

「マーメイがそういう考えなんです。物事を前向きにとらえるっていうか、信じられるなら、信じたほうがいいって」

「あんた自身の考えじゃないの？」

「わたしもそういうふうに思えるんです。だから、マーメイの考え方に共感して」

「仲がいいんだね」

　シャクティは、ちょっとあきれたふうだ。

「――ロンは、それを聞いてどんな反応だった？」

「あなたと一緒です。自分の考えはないのかって。でも、それがわたしの考えでもありますとお答えしたら、そうかって納得されました」

「浴室にはどのくらいの時間いたんだ？」

「十分ほど。軽くお話しして、それから自室へ戻りました」

「バイが来るまで、誰とも会わなかった？」

　シャクティは慎重に質問した。シンはうろたえた様子で、

「誰と会ったかなんて、いちいち憶えていません」

「誰だかは憶えてないけど、一人ではなかったってことだね」

「そんなふうに解釈されるなんて――」

シンは困っていたが、よいことを思いついたというふうに、

「――確か双子が来て、ちょっとお話ししたと思います」

「リンユー、リンリーのことです」

バイが補足する。

「ふうん、その二人に確認してもいい？」

「はい。それは嘘じゃありませんので」

シンがほっとした顔で応じる。

シャクティは、もういいというふうにバイを見た。

バイは、

「二人はいつも一緒だし、今日も浴室に二人で呼ばれたから、手間を省くために二人一緒に来てもらいましょう」

「そうしてくれ」

シャクティが応じる。

シンは軽蔑《けいべつ》したような眼差しで、

「あなたもバイと同じですね。わたしのことをいじめようとする。何もなくても、疑ってくる。わたしは悪くないのに」

リンユーとリンリーは双子と云うだけあって、顔立ちは瓜二つで、見た目にはどちらがどちらなのか見分けるのが難しかった。髪型や服装まで同じなので、何か意図的なものすら感じる。本人たちも他人を幻惑してかかるような悪癖があるらしくて、

「ロンは殺されたのかな？」

「殺されたって、誰にかな？」

そう云い合って、くすくす嗤っている。見た目は娘たちの中でも最年少に見えるほど幼くて、十代の前半にしか見えなかった。

「今日、ロンに浴室に呼ばれたね？」

「呼ばれたよね？」

「呼ばれたたねえ」

双子は互いに顔を合わせてうなずく。シャクティはちょっとカンに障《さわ》ったらしくて、

「真面目に聞いてるんだよ」

と、凄《すご》んだ。

シャクティは、男嫌いで同性や子供に優しいけれど、それは相手が誠実な場合に限る。こういうふうに茶化してくる人に対しては、かなり辛辣《しんらつ》な態度をとることもあった。

「怖い」

「怖いねえ」

双子は手を合わせて怯《おび》えたふりをする。よく見ると、口元の笑みが消えてないから、悪ふざけの類《たぐい》だとわかる。

「二人とも、これが重要な質問なのだということを理解していますね？」

バイが、鋭くそう云うと、さすがに態度をあらためて笑みをひっこめた。

「それで、浴室に行ったね？」

「うん、シンの後だったね」

「シンが呼びに来て、それで行ったんだねえ」

双子が答える。

「シンは一人だった？」

シャクティが鋭く聞いた。双子はそろって小首をかしげて、

「マーメイがいたねえ」

こちらの反応を見ながら、くすくす笑いながら話す。マーメイとシンが二人でいて、その事実を隠していたらしいのは収穫だったが、それにしても庇《かば》おうともしない双子の態度に腹が立った。

シャクティも同じらしく、少し唇を尖《とが》らせて、

「何かロンと話をした？」

「何か話した？」

「あれだよ、あれあれ」

「あれって？　ああ——お菓子の話かな？」

「違うよ、信じるかってお話？」

「自分を信じますかって？」

　双子はうんうんと互いにうなずいた。

「それで、なんと答えたんだ？」

「信じてるよ」

「信じてるよねえ。わたしたち」

　くすくす笑って答える。

「浴室にはどのくらいの時間いた？」

「五分くらい？　軽くお話ししただけ」

「すぐに戻ったねえ」

「ロンはどんな感じだった？」

「いつもの感じだったよ。でもねでもね」

「そうそう、何か気になってる感じでね」

　双子は、そう囁《ささや》き合ってから、声を重ねて、

「ホンファを呼んでって」

その言葉に、シャクティは目を閉じて深く息を吐いた。

双子は妖《あや》しく目を輝かせて、狂ったようにけらけら笑う。

「ホンファが殺したんだよ。きっとそうだよ。何か粗相をしてさあ、ロンのお怒りを買っちゃったんだよ。安い娼館に払い下げられて、娼婦になるのが嫌だったんだよ」

「人殺しのホンファ、きっとそうだよ！」


ホンファが部屋に来た時、わたしはやはり違和感を覚えた。スラムのさびれた聖母院にいたときと、印象が異なって見えた。服装があの時と違っていて、光沢のある中華風のドレスを着ているという理由だけではなくて、何か表情に諦観《ていかん》のようなものがうかがえた。左手には、かなり厳重に包帯が巻かれている。垣間見える指は五本だけだ。

無言で着席して、彼女はシャクティとしばらく見つめ合っていた。

「――シャクティ、何を考えているのか、口に出さなくてもわかるけれど、ずっとそうしているのは、色々不都合があるのじゃない？」

「ホンファ、個人的なことは後回しにして、今日の状況を聞きたいんだ」

シャクティは自分に忍耐を強いるように奥歯を噛《か》んでいた。

「いいわよ。何が聞きたいの？」

「ロンに浴室に呼ばれていったね？」

「ええ、いったわ」

「呼びに来たのは双子で、順番的には最後だった？」

「わたしが最後だった」

「それからどうしたんだ？」

「ロンの話し相手をしたわ。たわいのない話だったけど」

「何か気づいた？　変わったところはなかった？」

「自分を信じるか？」

　ホンファは、虚空《こくう》を見つめるように視線を彷徨《さまよ》わせた。そうしてから、眩暈《めまい》を覚えたように目頭を押さえて、

「ロンにそう聞かれた」

「……なんて答えた？」

　シャクティは息を呑《の》んだ。視線を上げたホンファの瞳に炎が見えたから。

「信じてない。少なくとも、わたしに自分を信じる理由はない」

　ホンファの言葉には憎悪《ぞうお》に似た情念がこもっていた。

「それで、ロンはなんて云った？」

「では、他人を信じるかって」

　ホンファは、シャクティに向かって、

「信じているわ。少なくとも、死を目前にしたわたしを助け、導いてくれた人は存在するもの。神に失望して、信仰を失い、自分さえも信じるに値しないと割り切ってもなお、わたしの胸の奥で消えない希望。そうした愛に似た何か、どこか破綻《はたん》している信仰に似た何かが、わたしを今も生かし続けている。シャクティ――」

　ホンファは立ち上がり、包帯の巻かれた左手を卓に叩《たた》きつけた。バイが驚いて踏み出しかけたのを、シャクティが目で制した。

「――云いなさいよ。わたしがロンを殺したって疑ってるんでしょう？」

「それはあり得ない」

　シャクティは厳しい眼でホンファを見つめながら、そう返した。

「なぜ？」

「ホンファにはロンを殺す動機がない。『城』に来たのは自発的な意思で、覚悟はあったはずだ。『城』の主《あるじ》であるロンに恨みを抱いていたわけでもないだろう――」

「わたしが何を恨んでいるのか、あなたはよく知っているはず」

「なら、もう何も云うことはないだろ」

「――そうね」

「ロンの話し相手をした後、どうしたんだ？」

「浴室を出て、自室へ戻ったわ。その後は、バイに呼び出されるまでずっとひとりだった。それを証明することはできない」

「わかった」

シャクティは、バイへ視線を向けて、

「短い時間で良い。私的な話をしてもかまわないか？」

「……いいでしょう」

バイは、了解したというふうに一礼して部屋を出て行った。

「わたしもいないほうがいい？」

わたしが席をはずそうとすると、

「いてくれ。フーがいないと、なんだか暴れ出してしまいそうだ」

そうシャクティに引き留められた。わたしは少し迷った。二人の話に口を挟まないほうがいいという気もした。ただ、いつになくシャクティが歯切れ悪く、ホンファの強情な態度も心配だった。

「わかった」

わたしは改めて席に着いた。

三人だけになった部屋で、気づまりな沈黙を破ったのはシャクティだった。

「どうして『城』へ？」

「どうして、ですって？　シャクティ、あなたは理由を知っているし、そうすることもあらかじめ知っていたはず」

「だから、あたしはここへ来たんだ。お前を連れ戻しに」

「それが叶《かな》わないって理解しているでしょう？　ここの警備をかいくぐれたとしても、わたしの自発的な意思までは変えられない」

「ああ、わかっているけれど……」

「わたしの口から聞きたいの？」

「たしかに聖母院に集まる人たちには救いが必要だろう。でも、自分を犠牲にしなければいけない理由はどこにもないはずだ」

「わたしはね、シャクティ。痛みに耐える人たちに信仰を説いた。救済を信じさせた。神の存在に希望を抱かせた。皆がわたしを慕ってくれた。そうして、より強い痛みと苦しみの連鎖へと、わたしはあの人たちを導いてしまった」

　ホンファは、包帯の巻かれた自分の左手を見た。それは血が染《し》み出していた。

「神はいない、けれど悪魔はいる――」

　ホンファは自らの胸に手を当てて、

「――ここにいる。ここに」

「自分を悪く云うのはよせ。どうしようもないことだって世の中にはある。恵まれない人に信仰を説くことが罪だなんて考えは間違ってる」

「間違ってなどいない。シャクティ、わたしは、自分のせいで苦しみ、もがき、死んでいった人たちのために、為《な》すべきことを為そうとしているだけ」

「それがこれか？　『城』に身売りして、金をつかもうとすることが？」

「――ええ、そう。人は小銭のために人を殺し、明日の糧《かて》を得るためなら、親でも子でも売り払う。極めて人間的な行いじゃない」

「ホンファ、あのね――」

　わたしは、もう黙っていられずに口を挟んだ。

「――わたし、聖母院への支援、もう一度シェリーに頼んでみる。今度は、もっと強くお願いして、きっと約束してもらうから。聖母院の人たちだってあなたの犠牲を望んでないだろうし、シャクティが悲しむし、何よりわたしにとってあなたは――」

「あなたが、わたしに対して罪悪感を抱くどんな理由もありはしない」

「ある、友達だもの」

　わたしはホンファの左手を両手で包んだ。彼女の体温がより確かに伝わってくる。こんなふうに傷ついてしまうことを、誰も望まないはずだ。

「聖母院が支援されるなら、ホンファがここにいる理由はなくなるよね。ロン殺しだって関係ないのだから、帰って、元通りまた――」

「……母が死んだとき、わたしは自分が一人になったと思った。もう何も信じられないと。でも、シャクティがあらわれて、あなたまで――」

　ホンファの左手の包帯の中に、血とは違う赤がのぞいた。それは、ウォンタムホウで買い求めたピアスの片側だ。

「――友達だといってくれる」

「帰ろう、ホンファ」

　わたしは期待を込めて云った。

「帰ろう」

　シャクティも、両手でホンファの左手を包んだ。

「二人とも優しいのね」

　ホンファは唇を震わせる。手の包帯は鮮血に染め上げられていた。

「ホンファ」

「親に愛されず、アジアの貧しい街で、国籍も人種も定かでないわたしを、友達だからと気にかけてくれた人は、あなたたちくらいよ。だからね」

　血に濡《ぬ》れた手が、強く握りしめられる。

「あなたたちに、友達が堕ちていくところを見てほしくはないのよ」

――ホンファの回想　五年前、上海

どんよりと曇った空の下、黒々と濁って流れる黄浦江《こうほこう》を前にして、わたしは水面《みなも》を見つめる。胸の前で十字を切り、信じる神と、亡《な》き母に詫《わ》びた。

川辺には、みすぼらしい身なりの子供が座って釣り竿《ざお》を垂れていた。わたしは持っていたゆいいつの財産である銀のロザリオをその子供へ渡した。子供は不思議そうに手の中のロザリオを眺め、それからこちらへ視線を向ける。

子供の顔は痣《あざ》だらけだ。てっきり男の子かと思っていたが、驚くべきことに、その子供はわたしと年の違わない少女らしかった。

「これをあげます。それなりの値段で売れますよ」

そう云って、不思議そうな顔をする少女を残し、ゆっくりと濁った流れに向かって歩み出した。

恐れはなく、諦観だけがあった。

腰まで水につかった時、誰かが叫ぶ声が聞こえた。

振り返ると、先ほどの痣だらけの顔の少女が、水をはね散らかしながらかけてきた。

そうして、わたしの腕をつかむと、引きずるようにして岸へ連れ戻した。

「どうして？」

「くだらないだろ。死ぬなんて、莫迦《ばか》みたいだ」

力強い手は温かく、瞳には大人に無情な扱いを受けても消えない光が輝いていた。彼女はロザリオを押し返して、

「莫迦に、こんなものを恵んでもらうほど落ちぶれちゃいないんだよ」

――それがシャクティ・サマンサとの出会いだった。

住むところが無いという彼女を虹口《ホンキュー》のあばら家に招き、一緒に生活をするようになった。

シャクティは、よく盗みを働き、喧嘩《けんか》をした。そのたびにあきれたものだけど、相手がいつも悪辣な連中ばかりだったので、貧民街の子供たちには人気があった。

あるとき、魚肉団子を作ってレストランや屋台へ卸していた店に、貧民街の少年たちが魚を売りに行った。店主は二束三文で買いたたいて、少年たちを追い払った。その話を聞いたシャクティは店長に正当な代金を払うように要求した。店の用心棒と喧嘩になったけれど、彼女は相手を叩き伏せて、店長に支払わせた。

用心棒との喧嘩で目の下に痣をつくったシャクティの手当てをしながら、

「もっと、やり方というのがあるでしょ」

「やり方だって？　やつらは税金は払わないけど、役人とコミュニティに小銭を払っている。そうすれば、営業許可証だっていらないし、どんなあくどいやり口をしたって、

どこからも文句は出ないからね。だから、こっちが強硬手段に出ようと、警察がやってくることはない。これ以上、合理的なやり方はないよ」

「コミュニティが黙ってないかも」

「女の子に叩き伏せられて、値切った魚の代金をぶんどられたって、泣きつけって？　あの店主にだって、面子《メンツ》があるだろ。コミュニティだって、ばかばかしくてやってられないさ」

「あなたがそんな危険を冒さなくてもいいじゃない」

「じゃあ、誰が？　この社会で、いったい誰があたしたちを助けてくれるって云うんだ？」

　シャクティは決して譲らなかった。

　わたしは少しずつ考えをあらためた。シャクティは貧民街の子供たちに必要とされていた。社会のはみ出し者が不利益を被《こうむ》らないように、彼女は戦っていた。暴力的な行為に賛同はできなかったけれど、それを強いる社会の在り方に、疑問が生じていた。信仰の在り方さえ、それまでのような気持ちは抱けなかった。ゆいいつ、信じられたのはシャクティの行いによって、守られる人がいるということだ。

　それでもなお、たいした職を得ることもできない子供たちにとって、貧民街での暮らしは楽ではなかった。

「香港へ行こうと思うんだ」

シャクティがそう云いだしたとき、わたしは自分がこの世界で、一人放り出されることに恐怖を感じた。友人が去り、また孤独になった時、自分はいったい何を信じていけばいいのだろうか。

「香港には縁戚《えんせき》がいる。フォンジェンのシェリーだ。あたしのことを知って、香港へ招いてくれたんだ。少額だけれど、渡航費用を出してくれた。借りを作る気もないから、後で返すとは答えたけど、それにしたって願ってもない話だ。香港で働いて、学校にも行って、きっと暮らしていけるだけの自由を得られる」

「そう――」

「ホンファも一緒に来ないか？」

「わたしが？」

迷いがあった。このあばら家は母との数少ない思い出の場所だ。そこを捨てて、新天地へ赴くのがいいことなのだろうか？

「ここにいたって、食うに困るだけだ。学もコネもないんじゃ、娼婦にでもなるしかない。なら、こんな場所にすがりつく必要はない」

「シャクティ……」

「一緒に香港へ行こう。きっと、あたしたちの居場所が見つかるはずだ」

わたしはシャクティから香港行きへの誘いを受けた後、自分の呪《のろ》わしい生家へと赴いた。そこは奇妙な館《やかた》だ。

「――エリック・メーラーは一九一七年に上海へやってきて、文無しから一頭の馬を元手に競馬で巨万の富を築いたスウェーデン人だ。この延安中路《イェンアンチョンルー》近くにある館は、一獲千金を実現した俗物の私邸らしく、ヴィクトリアン・ゴシック様式に、スカンディナビア風の塔が建っている――」

朗々とした声が響く。

「――メーラーは愛娘《まなむすめ》のディドが視《み》たという夢に基づいて、この館を建てた。メーラー邸の奇妙さは夢が現実となった結果なのだ」

暖炉の火に炙《あぶ》られ、涸《か》れた老人が寝椅子《ねいす》に体を預けている。

華人として、メーラーと同じく賭博《とばく》で財を成した男。彼がこの館に住まうのは運命の必然なのだろうか。その妾腹《しょうふく》の娘として、この場所に立つ自分もまた運命の一部でしかないのか。わたしは実父と同じく暖炉の火を見つめながら、そう思わずにはいられなかった。

「わしが死ねば、この館は人手に渡る。多くの変遷《へんせん》がそうであるように、館は主を変えるだろう。そうして歴史の過去になってしまえば、誰もかつての主を顧みたりはしないものだ」

　自嘲《じちょう》するように老人は嗤《わら》った。かつての頑強さ、精強さは見る影もなかった。実父は死にかけているのだ。

「もう遠くない日に、わしはこの世を去るだろう。しかし、お前の居場所などどこにもありはしない。この李家の富を食《は》むことを拒んだはずのお前が、いったいどうしてまたここを訪れる気になったのかね？」

「最後のご挨拶《あいさつ》にうかがっただけです。妾腹の娘としてではなく、母の代理として」

「死者に報いるか」

　老人の視線は虚空を泳ぎ、ようやくにして戸口に立つ、わたしのほうへ向けられた。着古した服の、みすぼらしい有様は実父にどう映っているだろうか？

「魂の高潔さがお前を、気高い存在にしている」

「その娘を、あなたは愛さず、忌《い》み嫌った」

「人は、自らの目を持って人を見るのではない。他人の目によって、そのおぼろげな輪郭をつかむのだ。お前は自分の気高さが他人を貶《おとし》めることを知らぬ」

「それが、あなたがわたしを犬のように扱う理由ですか？」

「お前がもしも凡庸な娘なら、じゅうぶんな援助を与えていただろう。人生で困ることなどなにもなかったはずだ」

「わたしは李家に仇《あだ》を為すつもりなどありません」

「お前にその気がなくとも――」

老人は枯れ木のような腕を持ち上げて、その指でホンファの左手を指し示した。

「――凶事を呼び込むのではないかね？」

「わたしはただ、……お別れにきただけです」

途中で息を呑んで、別の言葉にすり替えた。

「わしの死を見越したのかね？」

「いいえ、香港へ行こうと思います。上海に戻ることはないでしょう」

わたしは背を向けた。要件はすでに済んだ。自分の血筋についての最後の責任を果たしたのだという気になっていた。

「ホンファ」

老人の声に、つい振り返った。実父に名前で呼ばれるのは何年振りだったろうか。いや、幼いころにわずかに記憶があるだけで、実際は数回しか経験していない。家族の愛情には諦観があったはずなのに。

「すまなかった」

――雷鳴轟《とどろ》き、豪雨が土砂を散らす、嵐《あらし》の晩。

その日、シャクティは大世界《ダスカ》へ出かけた。フランス租界の拳闘《けんとう》で、彼女はちょっとした有名人で、ヘッドギアを着けた前座試合に呼ばれたのだ。相手は男の子らしかったが、観客は年少の女の子が、男を打ち負かすのを期待している。シャクティは、普段はそうした悪趣味に付き合うようなことはないが、香港行きを決めてから資金が必要になって、それで賭博の対象にならない前座試合ならと請け負った。

シャクティは、本心は不本意なので、むっつりとした顔で支度をして玄関で靴ひもを結んでいた。わたしは無茶をして、怪我《けが》で香港行きがふいにならないようにと、よくよく云い聞かせた。

「すぐに帰ってくるよ。楽勝だって」

「ええ、そうでしょうね。もういくらか家具や何かを処分しているけど、お金の隠し場所はわかっている?」

「庭先の、あの木の根元だろ?　そんな確認する必要ある?」

「もしもね、わたしが行けなくなったとしても、あなたはそのお金を持って、香港へ行くのよ。ためらったりしてはダメ」

「二人で行くんだよ。何を云ってるんだ」

シャクティは唇を尖らせて、それからもう一度すぐ帰ってくると約束して出て行った。

わたしはその背を送り出して、彼女が不在になることを、もう忘れたはずの信仰に従って神に感謝した。

これから起こる出来事にシャクティを関わらせたくなかったし、彼女が自分の道を歩き出す邪魔はしたくなかった。

それから、残された雑事を済ませた。自分の身の回りのものはほとんど処分した。母との思い出の品や、数少ない金品のすべては、シャクティの手に渡るようにした。それから共同井戸へ行って水を汲《く》み、特に念入りに体を洗い清めた。

庭の一角で、自分の着ていた服も燃やした。

それから部屋に戻って、その時を待った。

夜が来た。

シャクティはまだ戻ってはいない。それは神の憐憫《れんびん》のような配慮だった。

嵐の喧騒の中、裏口を開ける音がかすかに聞こえた。

そうして、雨に濡れた影が入り込んだ。

雷鳴が轟いた。窓が発光して、そして――

「しばらく待っていただけますか？」

窓際《ぎわ》に立って、そう声をかけた。

入り込んだのは、痩《や》せぎすの男で、こちらを見て驚いた様子だ。

わたしは窓の外を見つめ、最後の祈りをはじめる。

男の視線が、わたしの背中へ向いているのがわかる。

いずれ堕天し、悪魔へと堕《お》ちる崇高な天使の刺青《いれずみ》——

「なぜ」

相手は、そう口に出して後悔した様子だ。

「最後にお祈りを済ませておきたいのです」

「なぜ」

もう一度、反芻《はんすう》があった。

「わたしが祈るのが不思議ですか？　死を前にして、ほんのわずかな準備を整えるのがそんなにも疑問ですか？」

「知っていたのか？」

「知らなくてもわかります。あの男は、わたしを生かしておかない。機会を失する甘さもありませんから、同居人の不在を狙《ねら》って、殺し屋が来るのだろうと予想できた。だから、こうやってあなたを待っていました」

「殺されるとわかっていながら？」

「父は、十三の娘の肌に、敬虔《けいけん》であるからという理由で天使の刺青を刻んだ。

らくがきですよ。

あの人はそういう人です。

わたしは生かされていたのであって、反抗すれば命はない。香港へいくと告げたとき、実父は謝りました。あれは不遇であったことを詫びたのではなく、自分の良心を慰めるための憐憫です」

黙して、わたしは祈りを終えた。

「身元の分かるものは何も身に着けていません」

跪《ひざまず》き、相手の構えた銃口に額をつけた。

「……ああ、そういえば」

良いことを思いついて、

「幼いころ、父に目が綺麗《きれい》だとほめられたことがありました。わたしの頭を撃ち抜いたら、眼球をくり抜いて、父に届けてくれますか？」

そうすれば、きっとこの目で父を捉《とら》えられるだろう。

銃口が震えていた。

弾《はじ》けるような音が響いた。

正面の戸が開かれて、シャクティが飛び込んできた。彼女は、わたしと、わたしに銃をつきつけている男を見て、何か叫んだ。

男は、反射的に新たに現れたシャクティへ銃口を向けた。

「やめて」

わたしは男の腕に飛びついて、銃口をそらした。発砲音が重なって、射線上にあった陶器の杯が砕けた。

戸口にいたシャクティが椅子を振り上げて突進した。男は直撃されて壁際におしやられた。シャクティがわたしの腕を引っ張って、二人して裏口へ走る。

事態の急変に備えて、潜んでいた男の仲間二人がかけつけ、戸口から銃を乱射した。分別のない銃撃は、中にいた男の胸に二発、腹に一発当たった。

崩れ落ちた男の手にあった銃が暴発して、飛び込んできた男二人を足止めする。

混乱を尻目《しりめ》に、わたしたちは激しい雨の中へと駆け出した。


二人で走った。

光と闇《やみ》が交錯し、猛烈な雨がベールのように視界を遮る。泥をはね散らかし、喘《あえ》ぎ、呼吸を乱しながら逃げた。背後を振り返ると、ちらちらと火の手が上がっているのが見える。発砲の際に何かに引火したのだろう、長く暮らしたあばら家が燃え上がっていた。

わたしは息も絶え絶えになって、もつれるように倒れ込んだところで、ようやくシャクティは立ち止まった。そこは、小高い丘らしく、公園として整備された場所だ。民家からは離れ、闇に紛れているために人目の心配はない。追手の気配も感じなかった。

「……どうして助けたの？」

わたしは顔を上げた。シャクティは自分の上着を脱いで、わたしの肩にかけた。

「はじめて会ったときも、同じことを聞いたな」

「答えて」

「くだらないだろ。死ぬなんて、莫迦みたいだ」

黄浦江に身を投げようとした日、シャクティは同じように答えた。養父に殴られて、痣だらけだった少女は、変わらない光を瞳の奥に宿していた。

「そうね――」

うつむいた顔を伝って、水滴が零れ落ちる。雨に洗われて、それは流れ落ちた。

「いったいなんだって、あんなあばら家に強盗なんて」

「あれは父の差し金」

「親父《おやじ》さんの？」

「わたしが邪魔になったんでしょう」

「たったそれだけのことでか」

「たったそれだけ？」

わたしは目の前にいる友ではなく、友にその言葉を強いた何者かを憎んだ。

「人間が人間を殺す理由なんて、それだけでじゅうぶんよ。わたしは父に、香港へ行くと告げた。あの人は畏《おそ》れた。自分の手から離れて、いつか上海へ帰ってきた妾腹の娘が李家の資産について、権利を主張するかもしれないって」

「……ホンファ」

シャクティは手を差し出し、

「香港へ行こう」

「逃げ出したって同じ。どこに行っても、現実は変わらない。子供にとって、現実や社会の在り方はいつも残酷よ」

「そんなもの壊してやる」

「え？」

わたしは、友を見た。

「あたしが壊してやる」

シャクティの差し出した手を握って立ち上がった。

今、自分の手を引いて新天地に導こうとしている者の言葉は正しいのだろうか？　確かなのは、絶望して死を選ぶたびに、手を差し出してくれるのがシャクティだったことだ。

彼女の言葉なら、信じられる。
雨が上がり、わたしたちは香港へと旅立った。

11 香港、悪魔

決別は終わった。

わたしはそれが悲しかった。どんなに言葉を尽くしても、ホンファを心変わりさせることはできなかった。彼女がどうしようもなく自分を追い詰めているとわかっていても、何もできない自分に怒りさえ感じた。

ホンファは部屋を出て行き、シャクティは顔を伏せて、しばらく感情の昂《たか》ぶりに耐えていた。泣き出すようなことはなかった。

わたしは、シャクティにかける言葉が見つからなかった。

それからシャクティは、バイに電話を借りて、どこかへ連絡をしているようだった。戻ってきた彼女は、いくらか落ち着いた様子で、

「シェリーに報告をした」

「それはわかったけれど――」

シャクティをこのままここに居させるのはよくない気がした。けれど、ここから逃げ出すというわけにもいかない。そんなことをしたら、事態がややこしくなるだけだろう。

「ホンファとは、昔色々あったんだ」

「うん。わかる」

　胸の奥がちくりと痛んだ。

「……犯人につながる情報を集めよう。フーの冤罪《えんざい》を晴らさないといけないし、これが解決しないと、ホンファも助けられない」

「警察に通報するっていうのはないのよね？」

「それは無理だね。ここに関わる香港のコミュニティがそれをよく思わない。殺人事件があったなんてわかったら、また反妹仔運動を助長しかねない。華人の上級層は、とくにそれを忌み嫌っているんだ」

「自分たちの権益だから？」

「文化的な制度を、外国によって踏みにじられるのを嫌がってるんだよ」

「フォンジェンもそれに加担してるのね」

「あたしが肯定的にとらえてるなんて考えないでよ」

「わかってる。シャクティはバイをぶっ飛ばして、『城』を爆破したいって思っているんでしょ」

「そこまではしないけど」

　シャクティは、ようやく少し笑った。

「やりそうだよ。今朝だって、わたしと喧嘩した後、ホンファのことを知ってすぐに

『城』に殴り込みをかけたらしいし」

「まあ、ちょっと感情的になった」

「どんな状況だったか、容易に想像できる」

「なんだか凄い大立ち回りを想像してない？　ちょっと忍び込もうとして、警備に見つかって、それで逃げてる最中にバイと遭遇して、小競《こぜ》り合《あ》いになっただけだよ」

「それで、腹にパンチ？」

「うん」

「シャクティって上海でボクシングしてたんだよね？」

「ちょっとかじっただけ。……そんな話したっけ？」

「ここに来る途中で、変なおじさんに聞いた」

「変なおじさん？」

　シャクティにチェンのことを話したけど、彼女は覚えがない様子だ。やはり、あのおじさんにはちょっと疑わしいところがある。

「『城』は気に入らないし、バイだって気に食わないけど、それでも警察に通報はしない。しても、大して意味ないよ。もみ消されるだけだ」

「ホンファのこと、まさかあきらめてないよね？」

「あきらめるわけないだろ」

シャクティは語気を強める。自分に云い聞かせるように、

「いざとなったら、縛って、担《かつ》いで連れ帰る。バイをぶっ飛ばしてでもね」

強硬なやり方は最終手段だ。それはわたしたちの間で共通認識となった。大事《おおごと》になれば、香港コミュニティを敵に回しかねないし、そうなれば、風姫とシェリーに多大な迷惑をかけることになる。

犯人捜しは継続されることになった。

「起こったことを少し整理してみようか」

シャクティは自分を落ち着かせて、冷静さを取り戻そうとしていた。

「まず、二日前にホンファが『城』へ行った。指を切断して、それがあたしのところへ今朝になって届けられた」

「うん。それで、シャクティも『城』へ行ったんだよね」

「そういえば、フーは、どうやってホンファやあたしのこと知ったの？」

「シャクティの下宿に行ったのよ。今朝の喧嘩のこと、謝ろうと思って。そうしたら、変なおじさんと出会うし、シャクティの部屋は荒されてて、そこにいた怪しい男が、切断された指を持ってたの」

「切断された指は、部屋に残してきたんだ。あたしの部屋に入り込んだっていう、その怪しい男は『城』の関係者で、かかわるなって脅しに来たのかもしれない」

「城塞《じょうさい》福利厚生事業部会の人だって、変なおじさんが云ってた」

「その変なおじさん怪しいけど」

「うん、でも、ここへ来るのに協力してくれた」

「まあ、それはおいといて、それで？」

「怪しい人は、銃で撃たれて死んじゃって、それでシャクティとホンファのことが心配だったから、『城』へ行くことにした。そして、来てみたら、シャクティが暴れた後で、わたしは拘束されて、ロンと会見することになったんだけど」

「『城』へ忍び込んで、ホンファを連れ出すつもりが、見つかっちゃってね」

「ロンとの会見で、浴室へ入ったら、もうロンは死んでいて、それで殺人の疑いまでかけられてしまった」

「『城』がどうも騒がしい様子だったんで、門番のミスターＧにこっそり接触したんだ。そうしたら、フーが『城』に拘束されたって聞いたから、シェリーに連絡して、それからフーを助けるためにもう一度『城』へ行った」

「なんだか、やってることが裏目に出てるみたい」

「そうでもないよ。フーが来なかったら、結局、あたしは『城』へは入れなかったしね」

「ロン殺しを解決しないと」

「結局、そういうことだね」

「それで、次にどうする？」

「小間使いの婆《ばぁ》やにも話を聞いてみる必要がある。たぶん、この件とは関わってないとは思うけど、何か情報が得られる可能性はある」

「じゃあ、そうしましょう」

わたしとシャクティは、バイに小間使いの婆やを呼び出してもらった。

チュンという小間使いの婆やは、すっかり背が曲がっている。目が悪いらしいが、口調ははっきりしていて、日本統治時代に覚えたという日本語も明瞭《めいりょう》だった。

「あたくしぁ、潮州の生まれで。ここにやってきたのは一九五〇年代後半ぐらいでしょうか。そのときは、九龍城は何もない場所でしたねえ。道端にある水道に水汲みに行って、そこで水浴びしたものですよ。今の娘っ子は、慎み深いですから、そういうことはしないのでしょうけれど」

「ここは危なくないの？」

「九龍にいる者は、あまりそういう意識は持っておりませんね。おかしな連中が巣くっていたのは大昔で、今は他と変わりません。治安は良くなってるぐらいで」

「殺人があったりはしない？」

「恐ろしいことですよ」

婆やはそう云って身を震わせた。シャクティは怯《おび》える相手に配慮して、いつもより優しい口調で質問した。

「あんたはロンのいいつけで、浴室の準備をしたんだね？」

「へえ、そうです。ロン様は、しっかり体をお洗いになるんです」

「あんたは手伝うのかい？」

「あたくしゃ、準備だけで、お手伝いは若い娘たちがします。新入りの教育を兼ねて、ロン様は入浴がてらお話をされるんですよ」

「浴槽に湯を満たしたんだね？」

「そうです。浴槽に湯を入れて、ロン様に準備が整ったことをお知らせしました」

「それから、あんたはどうしたんだ？」

「バイ様から明日の予定についてあれこれとうかがってから、自室へ戻りました」

「時間はわかるかい？」

「だいたい、三時頃でした」

婆やが答えると、シャクティがわたしのほうを見た。

「わたしが『城』へ来て、浴室へ案内されたのが四時ごろだったと思う」

「六人が浴室に入れ替わりに入って、それからフーが浴室へ案内されて、ロンの死体を発見する」

シャクティは、今度はバイのほうを見た。

「フー様が門番のところへ来た時点で連絡がありました。それでロンにどのように処遇されるかうかがったのです。そのまま、浴室へお通しするように云われました」

「念のため、もう一度確認するけど、この建物の中には、ロンとバイ、婆やと六人の娘しかいなかったんだね」

「間違いありません」

バイが即答した。

「なら、浴室へ入った娘たちの誰かが、ロンを殺したって考えるのが妥当か――」

シャクティは視線を婆やに戻して、

「――何か気になったことはない？　どんな些《さ》細《さい》なことでもいい」

「はあ、気になったことと云われましても」

「ロンはいつもと変わりなかった？」

「へえ、いつもとお変わりないご様子でした。今朝、騒動がありましたんで、少しばかり不機嫌なご様子ではありましたが」

「それはあたしのせいだね」

シャクティは苦笑して、

「準備された浴室の状態と、フーが見た殺人発生後の現場状況を照らし合わせてみようか」

「見たことを云えばいいの？」

わたしがそう聞くと、

「うん、第一発見者だからね。犯人でないのならって前提だけど」

「もちろんそうよ。ええと、それで何を云えばいいの？」

「浴室へ案内されて、まず何をした？」

「脱衣所で服を脱いだ」

「裸になったの？」

「ちがうわよ。浴衣《ゆかた》を着るように云われたの」

「危険物を持ち込まれないように配慮したのです」

バイが、横から口を出す。

「うん、なるほど。それで、浴室へ入った？」

「そうよ。浴室へ入ったら、ちょっと変だってすぐに気がついた。浴槽にお湯が入ってないんだもの」

「そこのところ、やっぱりちょっと気になるね」

「あたくしぁ、いつもどおり準備いたしました。確かに浴槽にお湯を入れました」

婆やが不服そうに反論した。

「ロンは、入浴が終わったから、浴槽のお湯を抜いたのかな？」

「いいえ、いつもそんなことはしません。それはあたくしの役目でして」

「だろうね。だとするなら、犯人の仕業って考えていいのかな。——まあ、話を続けようか。それで、フーは他にどんなところが気になった？」

「海獣の手形と、ロンの死体以外で？」

「うん、他に何かなかった？」

「そうね……」

記憶を手繰って、そのときのことを頭の中に映し出す。海獣の像の手形、空の浴槽、浴槽の縁にもたれるロンの死体、それから湿り気のある空気——

「——匂《にお》いがしたかな」

「匂いだって？」

シャクティは身を乗り出して、

「どんな匂い？」

「ほのかに花の匂いがした。脱衣所のほうは乳香の匂いがしていて、浴室に入って匂いが変わったから気になった」

「どんな花の匂いかわかる？」

「蘭《らん》に似ていたような気もするけど……」

わたしが首をひねると、何か思いついたような顔をしたバイが部屋を出て、それから間もなくして帰ってきた。手に押し花を持っている。

「これではありませんか？」

差し出された押し花を嗅《か》ぐと、かすかにあの時と同じ匂いがした。

「これです」

「蘇芳《すおう》ですね」

「蘇芳か……」

シャクティは腕組みした。婆やに、

「蘇芳をお湯に入れた覚えは？」

「時々、花を入れて香りを楽しんだりはなさいますが、今日は入れませんでした」

「……ふうん、少なくとも、入浴前の段階で、蘇芳は入ってなかったのか」

「花の匂いがしたことと、ロンの死に関係があるの？」

「あるいはね」

シャクティは深く何か考え込んでいた。

「そんなに重要？」

「蘇芳の花言葉を知ってる？」

「いいえ、知らないわ」

「裏切り、だよ」

シャクティは嘆息して、

「暗示的だね」


わたしたちは、それから『城』で代々のロンが使用していた区画を見て回ることにした。全体的には長方形をしていて、吹き抜けになった中庭を中心にして周囲に部屋が配置されている。オリエンタルな装飾が中心になっているが、流入した西洋文化の影響もそこかしこに感じられて、香港らしい折衷の建築様式という印象だった。

中庭の中央には、龍《りゅう》をかたどった銅像がある。神秘的なものではなくて、荒々しく荒れ狂う龍が表現されている。銅像の周囲に妹仔《ムイジャイ》の娘たちが集って、語らっていた。チァンファ、マーメイ、シンと双子の五人で、ホンファの姿はない。『城』には女だけしかいないという事情もあるだろうけど、薄着姿は奔放で、戯《たわむ》れる姿は妖《あや》しかった。

化粧をした艶《あで》やかな顔、肩を寄せ合って何事かを囁《ささや》きあう。くすくすと、紅《あか》く塗った唇から笑みがこぼれる。

彼女たちがおしゃべりに興じるのを横目に、わたしは、

「マーメイが嘘《うそ》をついて、シンと一緒にいたことについて聞いてみる？」

「しらばっくれるだけだと思うね。もっと他に証拠を探したほうがいいと思う」

「見つかるかな」

「大変なのはわかってるよ」

シャクティは周囲を見回した。九龍の中枢《ちゅうすう》である『城』で、ロンが特別の妹仔を囲っていたのは、この長方形の区画だけだ。それは周囲から隔離されていた。

「『城』はここだけじゃないわよね？」

「ああ、ここはロンが私的に使ってた区域だって話だ。ウワサによると、庶民層向けの妹仔は、人目に付かないようになってるそうだよ」

「どうして？」

「華やかなのは、金持ち向けなんだよ」

「ホンファたちは違うってこと？」

「ここにいるのは、ロンが目を付けた娘たちだ。エリート華人向けに用意した妹仔ってところだろ。きちんとした体裁を整えてるのは、対外的なものだよ」

「……あんまり、他は良い場所じゃないんでしょうね」

「フーは見ないほうがいい」

シャクティは面白くなさそうに鼻を鳴らし、

「ロンが死んでも、何も変わらないだろうね」

「殺人だったとしても？」

「今夜中に、ロンの葬儀が行われるって話だよ。もちろん、内部的にね」

「わたしが無罪だって証明されたら、他にいるはずの犯人はどうなるのかしら」

「さあね。香港コミュニティで、どんな裁きが行われるかは、あたしたちの知ったことじゃない。人殺しに同情する必要もないだろうし」

「うん……」

「あたしたちは帰って何事もなかったことになるんだ」

「ホンファを放っておけない」

わたしがそう云うと、シャクティは苦悩をあらわに、

「うん、もちろん」

「シャクティ、わたしにはホンファがどうしてそこまで自分を追い詰めているのか理解できない。だけど、止めるべきだと思う」

「わかってるよ。でも、あれも頑固な性格なんだ」

彼女は少し笑って、

「フーを止めるのと同じくらい難しい」

「わたし、そこまでじゃないわよ」

反論すると、

「そうかもね。――ホンファとは、上海で出会ったんだ。日本の租界地――コミュニティって意味だけど――で一緒に過ごした。あいつも複雑な出自なんだ」

シャクティは懐《なつ》かしむように表情を緩めた。

またちくりと胸が痛んだ。

日本で育ったわたしには、国籍も人種もあいまいな場所で、コミュニティだけを頼りにして生きるのがどんなことなのか理解できるわけもない。確かなのは、二人の間に深い絆《きずな》が存在することだけだ。

「貧しかったよ。悪いこともたくさんして、生きるのに必死だった。ホンファはそこで、自分が弱い立場の人間だっていうのを思い知らされた。社会の中で、何の庇護《ひご》も受けられない者もいるって痛感させられた。だから、そうした人たちを見過ごせないって考えたんだろう。もっと自由に生きられる場所を求めて、香港へやってきたつもりだった。それなのに、実際は何も変わらない。ここにも、痛みと苦しみを覚え、社会の中で虐《しいた》げられる人たちがいるばかりだ。あたしがフォンジェンに入ったのは、それを変えたかったからなのに――」

泣き出しそうな自嘲を呑《の》み込んで、シャクティは頭を振った。

「――やめよう。今はすべきことをするだけだ」

「シェリーは何を考えてるのかしら。ホンファを助けてくれてもいいはずなのに」

黒を白く塗りつぶそうなんて考えていないと、シェリーは云っていた。それはマフィアと共存して娼館《しょうかん》の経営に加担することを是とすることなのか。祖母を嫌ってはいなかったけれど、やはりそこだけは理解できなかった。

「フォンジェンは、フォンジェンだよ。コミュニティは慈善団体じゃないんだ。しょうがないこともあるよ」

「だけど――」

話の途中で、バイがこちらへやってきた。

「シャクティさん、報告を行われたのでしょう？　シェリーはどういう判断をされました？」

「あんたのことだから、情報は把握しているんだろ」

「だいたいのことは」

バイは偽りを口にしなかった。

「フーの潔白を証明する。それはあたしやフォンジェンの潔白を示すということでもある。シェリーが望むのはそういうことだ」

「……わかりました。今夜、ロンの遺体を運び出してしまいます。必要な調査はそのときまでに終わらせていただけますでしょうか」

「やけに協力的だね？　フーのことを犯人だと断定した人の口から出る言葉とも思えないよ」

「わたくしも、誰が犯人かを知りたいと考えているだけです」

「シェリーに恩を売っておきたいと考えてるのかな？」

「わたくしの意図よりも、犯人捜しに勤《いそ》しんだほうがいいのでは？」

「もちろんだよ。あんたと小間使いの婆やを除いた六人の中に、犯人がいる」

　シャクティが冷たい態度で返すと、バイは「失礼します」と云って立ち去った。

「本当にバイを疑わしい人物から外していいのかな？」

「あいつには、ロンを殺す動機もメリットもない。むしろ、ロンが死んで一番困ってるのはバイなんだ。再考の余地はないよ」

「衝動的なものだったら、動機やメリットを考える必要ないんじゃない？」

「たしかにね。でも、バイは計算高いからね。よほどの理由がない限りは――」

　シャクティは考え込んでいたが、やがて首を振って、

「さて、行動だ。やれることをやってしまおう」

シャクティとわたしの調査は、『城』の内部で立ち入りがゆるされた場所、ロンの私室、死体発見場所である浴室を中心にして注意深く見て回ることにした。

歩き回るうちに、ロンの私室の又隣――バイの私室にほど近い――で、バイと妹仔の娘が一緒にいるところに出くわした。たしか、シンという子だ。

何かを話しこんでいる様子で、そのうちにバイが珍しく感情をあらわにした。シンの腕をつかみ、そうして平手打ちをくらわした。近くにいたらしいマーメイが、二人の間に割って入った。

「なんだろうね？」

シャクティが不愉快そうに鼻を鳴らす。バイが暴力をふるったのが気に食わなかったのだ。マーメイが割って入らなければ、きっとシャクティがそうしただろう。

「戻りなさい」

バイが二人に云うのが聞こえた。どうも、わたしたちに目撃されたのに気がついたらしかった。マーメイが、意気消沈したシンの手を引いて去っていった。

「何事だい？」

シャクティがバイに声をかけたが、彼女は素知らぬ顔で立ち去った。

「普段からあんな感じなのかな」

「かもしれないね。……さあ、ロンの私室を調べよう」

「うん――」

わたしはシャクティに続いて歩きながら、足を止めて振り返った。去り際のマーメイとシンの目の奥には、奇妙な光が見えた。それをどこかで見た気がしたのだ。

わたしたちはロンの私室をひっかきまわしていた。手掛かりになるようなものは見つからない。当り前だ、そんなに簡単にいくはずがないのだ。

「犯人につながるメモ書きでも、都合よく見つからないかしら？」

「そんなものあるわけないだろ」

シャクティはそう云ってから、ロンの仕事机に置かれたメモ帳を確認した。

「気になるんじゃない」

「うるさいな。念のためだよ」

シャクティは、真っ白なメモ帳をめくってから、「何も残されてない」

「それはそうよ。メモ帳は使ったら、破ってしまうものじゃない」

「いや、まあそうだけど」

シャクティは思いついたように、鉛筆でメモ帳の一番上を擦《こす》った。「古典的だね」

「何かある？」

「うん――でも、意味があるとは思えないな」

「なんて書いてあるの？」

「『誰を信じるのか？　それに対する答えは必要な資質になる』だ」

「それ、ロンがホンファたちにした質問よね？」

「うん、哲学に傾倒していたんじゃないなら、別の意図があったんだろうけど、必要な資質ってところが、どうやら鍵《かぎ》になりそうだね」

「自分を信じるか、他人を信じるか。六人に同じ質問をして、ホンファ以外の子たちは、自分を信じてるって答えたのよね？」

「ああ。だから――――」

耳障《みみざわ》りな破砕の大音響。

わたしたちは凍り付いたように制止した。

思考停止したのは一瞬で、シャクティが部屋を飛び出した。

わたしは後を追って廊下に出た。

シャクティに追いついたとき、その背中越しに見えたのは血だまりだ。

頭上はガラス天井で覆《おお》われている。二階まで吹き抜けになった空間。屋内でありながら、ちょっとした庭園の趣がある。その中央付近に人が倒れている。

きちんとしたスーツを身に着けたその人物は見間違えようもない。

『城』の忠実な僕《しもべ》、ロンに仕える補佐役であったバイだ。

彼女は血に塗《まみ》れ、仰向けになって空を見上げている。顔はすさまじい形相で歪《ゆが》み、生前の端正な面持ちはうかがえない。目を見開き、唇は青ざめていた。

体中からの出血で、床に血が広がっている。

中庭の天井、ガラスの一部が割れて無くなっていた。そこから光線が注ぎ、血の惨劇を演出して魅せた。

上空を飛ぶ烏《からす》が、腐肉を求める禿鷹《はげたか》のようにけたたましく啼《な》く。その黒いてらてらとした羽根が舞い落ちる。

幻想的で、おぞましい光景だった。

ホンファが、廊下からあらわれ、つぶやいた。

「悪魔――」

12 告発

バイが殺害された。

シャクティは、六人の娘と小間使いの婆やを別室に留めおいた。それからシェリーに電話した。ロンに続いて、バイも死んだ。香港のコミュニティはどうするつもりだろう。

シェリーから返事の連絡がきたのは、だいぶ時間が経《た》ってからだった。

「今夜、ロンとバイの死体を運び出すそうだ。その手《て》筈《はず》に関しては、あたしたちは心配する必要はないってさ」

「これからどうなるの？」

「香港のコミュニティは、だいぶ乱暴な方法を模索したみたい」

「乱暴な方法って――」

わたしが言葉を失っていると、

「関係者に強引な方法で真実を聞き出そうってわけ。小間使いの婆やはさすがに疑われないだろうけど、フーや娘たちはどうなるかわからない」

「そんな」

わたしが抗議しようとすると、シャクティは手で制止して、

「もちろん、そうはならない。シェリーが収めたらしい。彼女が直接ここにきて、検分してからって話になった」

「シェリーが来るの？」

「うん」

シャクティは嘆息してから、

「とにかく、シェリーが来るまでにやっておくことがある。現場保存と、できるだけの下調べだ。そうでないと、フーが疑われたままになってしまう」

「やってないって主張しても無駄でしょうね。シャクティだって、信用されないでしょうし」

「だから証明しないといけない」

早速行動に移った。

シャクティは、まずは『城』が、完全に隔離された状況だったことを確認した。扉の施錠は完璧《かんぺき》で、なにか手が加えられた痕跡《こんせき》はない。

「あたしたちも、ここを出るには鍵が必要になる」

「うっかり忘れていたけど、これって中からも開けられないのよね。窓には鉄格子《ごうし》がはまっているし、他に出口はないし」

「監禁部屋みたいな建物だからね」

日本の建築基準法のように整備された建物ではない。香港の不法建築群だ。まったく常識からかけ離れた構造をしている。

「強引な手段をとれば別だろうけど。今夜、コミュニティの連中が来て、扉が開いていなかったら、そういう手段も考えられる」

「どうするつもり？」

「鍵は、ロンかバイしか持ってない。ロンの金庫は歯が立たない。だから、鍵はバイから入手する。いつも身に着けてたって話だから、死体を調べれば見つかるだろう」

「それだけではだめよ。扉に番号を打ち込まないと開かないじゃない」

「香港のコミュニティに問い合わせるよ。こっちはそういう手も使えるんだ」

「ああ、考えてみればそうね」

「犯人は、そういうふうにして番号を知るわけにはいかないから、扉の施錠については疑う点は何もないってわけだね」

　シャクティは、電話をかけて、扉の番号についてはそれで解決した。

「ロンかバイが、他の子に漏らしたって可能性は？」

「それは考えなくていいね。扉の施錠には、妹仔の逃亡を防ぐ目的もあったはずだよ。わざわざ、そんなこと教えるとは思えない」

「妹仔は自発的な意思で集まってるみたいだし、そうでなくても、番号を打ち込んでるところを盗み見るとか、方法はあるんじゃない？」

「警戒していただろうからね。ロンやバイはそんなに間抜けじゃないよ」

「まあ、そうよね」

わたしたちは会話しながら、バイの死体がある中庭へやってきた。

ここは二階まで吹き抜けの構造になっている――厳密には、『城』は複雑な構造体なので、そこが二階なのかどうか不明だけれど――天井がガラス張りで、一部が破損して割れていた。その真下に、バイの死体が横たわっている。

「さて、あまり気分のいい仕事じゃない。フーは離れていて」

「わかった」

わたしはうなずいた。自分の冤罪を晴らすつもりで首を突っ込んではいるけれど、死体を間近で検分するような度胸はなかった。

黒い革手袋をつけたシャクティは死体に歩み寄って服を探り、

「まずは鍵だ。ポケットにはないね。財布にもない。ああ――ペンダントに付けていたのか。見つかったよ。これで、扉の問題はだいじょうぶだ。少なくとも、強引な方法で外へ出る必要はなくなる」

「バイは、だいぶひどい状態ね」

わたしはあまり死体を見ないように顔を背けていた。シャクティは、こちらに構わずに、バイの服のボタンを外して、外傷をよく検《あらた》めた。

「ロンの時と違って、外傷があるね。どれが致命傷かはわからないけど」

「天井のガラスが割れて、降ってきたガラス片が刺さったのじゃない？」

「いくつも大きなガラス片が突き刺さってるから、それは間違いないね。天井のガラスは、どうやら特注だ。普通の窓ガラスなんかより分厚くて頑丈。この破片は並みの刃なんかよりも、ずっと殺傷能力がある」

「もしかして、事故？」

「それはあり得ないよ」

「どうして？　天井のガラスが割れたのが偶然であれば――」

「偶然なら、天井のガラスはどうして割れたの？」

「バイの死体を発見したとき、天井のガラスが割れた穴から、羽毛が落ちてきていたでしょう？　鳥がぶつかったんじゃない？」

「そのくらいで割れるわけないと思う。もしそうだったとして、その真下にバイがいるのはあまりにも都合が良すぎない？」

「偶然が偶然を呼ぶ、って考えるのは無理があるわよね」

　わたしは安直な発想を捨てた。ロンが殺害された翌日に、バイが偶然事故死するというのも、確かに考え難《にく》い。

「血濡《ぬ》れているけれど、心臓付近に刺し傷がある。ガラス片が刺さってないから、これが致命傷だろうね」

「バイは刺殺された？　でも、なぜ天井のガラスが割れたのかしら？」

「意味はあるんだろうけど」

　シャクティは、天井を見上げる。

厚い雲の隙間《すきま》から、太陽光が降り注ぐ。上空を鳥が舞っていた。

「悪魔か――」

　それは現場を見たホンファがつぶやいた言葉だ。彼女は何を思って、そんなことを云ったのだろうか。

「行こう、六人の妹仔に、もう一度話を聞く必要がある」

部屋に入った時、六人の妹仔がいっせいにわたしたちを見た。その眼差《まなざ》しは、あきらかにバイが死ぬ以前とは違っていた。拒絶、あるいは敵意だ。

「バイが死んだことは皆、知ってるね？」

　シャクティが聞くと、皆がうなずいた。

「では、疑われていることも理解してるはずだ」

「わたしたちの誰かを犯人にして、香港コミュニティに差し出そうってわけ？」

チャンファが真っ先にかみついた。

「わたしたちだけが疑わしいの？　そうだって云い切れる？　他の可能性だっていくらでも考えられるはずじゃない」

「だから、はっきりさせようってことだよ。誰が犯人なのか」

「そうして、警察に引き渡さず、内々で始末してしまおうってこと？」

マーメイがそう皮肉って、シンも同意するようにうなずく。

「誰が殺したのかな？」

「殺した人は、コミュニティに殺されちゃうのかな？」

双子が囃《はや》し立てる。

「状況がわかってないみたいだね――」

シャクティはいらだちもあらわに、「――香港コミュニティが直接介入して、暴力的な手段でもみ消さないのは、シェリーの孫娘がここにいるからなんだよ。それも、今夜までの話だけれどね。犯人にめどがつかなければ、手段を選ばないだろう」

「拷問《ごうもん》でもするつもり？　それとも、わたしたち六人とも消してしまおうって算段かしら」

チャンファがそう云うと、他の娘の顔色がさっと変わった。

「そうならないために、今、協力して欲しい」

シャクティが訴えかけるが、皆が口を閉じてしまった。

それまで黙ってことのなりゆきを見ていたホンファは、一人一人に視線を向け、それから、なぜか、わたしを見た。

とても透き通った瞳《ひとみ》がわたしを見ている。神の不在を説いたときの光のない瞳とも違っていた。何か切実なものが根底にあって、それを口に出せないような、そんなぐらぐらと煮立った感情があった。

わたしは彼女が追い詰められているのじゃないかと心配になった。考えてみれば、こんな状況で普段の精神状態でいられるはずはない。わたしが落ち着いていられるのは、シャクティがいてくれるおかげだ。

傍に行って声をかけてあげたかったけれど、この場では控えたほうがいいだろう。だから、しっかりとホンファを見返して、心配はいらないとうなずいて見せた。

ホンファの紅を塗った唇がかすかに開いた。

一瞬だけ、ほんの一瞬ではあったけれど、周囲を意識した無表情が壊れて、驚くほど幼い顔を見せた。

泣き笑いのような顔をして、

「いいわ――」

立ち上がったホンファは決然と云い放った。

「――わたしが殺した」

「ホンファ？」

シャクティが表情を険しくして、「なんのつもりだ」

「わたしがバイを殺したって云ってるのよ。ロンもね」

「お前がやったはずはない」

「どうしてそう思うの？　あなたが欲しかったのは、犯人の自供でしょう？」

「確かにそうだけど、それは真実でなければ意味がない――」

「――わたしが嘘をついていると？」

「……そうだ」

「わたしがロンやバイを殺さないっていう確信を抱けるの？」

「よく知ってるから」

「あなたが思う聖母院のホンファなら、そうだったかもしれない。でも、ここにいるのは、少額の金のためにすべてを売った女よ」

「ホンファはホンファだよ」

「シャクティ、あなただって、ロンの死体状況を確認して、わたしを疑ったはず。そうでなかったとは云わせないわ。その上、バイが殺されて、わたしを疑わない理由がある?」

「動機がない」

「殺人に動機が必要? シャクティ、あなたは貧民街でいくつも理由のない殺人をみてきたはず。人間の過《あやま》ちに動機が必要だなんて云うのは、過ちに手を染めたことのない人間の詭弁《きべん》よ」

「それこそ詭弁だ。破滅することが分かっていながら、人殺しをしたとでも云うつもりか?」

「ええ、そのとおり」

ホンファの言葉を、シャクティは強く否定するように首を振り、

「だめだ、そんなことは認められない」

「判断するのはあなたではないわ。香港コミュニティがどう思うかが問題よ。そして、犯人の自供をコミュニティは疑わない」

「嘘の自供なんて、認められるわけがない」

「これは司法でもなければ、捜査でもない。香港コミュニティが犯人を欲しているのは、自分たちの面子《メンツ》を保つために必要だから。組織の幹部を殺した相手に報復したいというだけの理由に過ぎない」

「だが――」

「シャクティ、わたしが犯人なら、フーの命は助かる」

彼女は迫った。シャクティの手が震える。あまりのことにわたしは言葉を失った。

「お願い、シャクティ」


六人の妹仔はそれぞれの自室へと帰した。

それはホンファの主張に対して、誰かが口裏を合わせることを警戒したからだ。

「ホンファを説得できないかしら」

わたしは、苦悩を深くしたシャクティに声をかけた。シャクティは天井を見上げ、

「何か方法を考えないとね。今夜になれば、本当に香港コミュニティの手で、始末されかねない」

「もう時間が無いわ。急がないと――」

わたしは自分を責めた。ホンファはたぶん迷っていたのだ。あの瞬間、わたしを庇《かば》うために自分が犯人だと云うべきかどうか。わたしはそれに気づかず反応して、結果として彼女の背中を押してしまった。

うかつだった。

シャクティは、わたしのせいではないと頭を振って、

「ホンファが、自分で考えて決めたことだ。他の誰かの責任なんかじゃない。ただ、やっかいなのは、一度決めたら考えを変えたりしないってこと。とんでもなく強情なんだ。今夜までに説得するのは無理だよ。やはり、真犯人を見つけてしまわないと」

「決定的な証拠が必要になるわよ」

「それだね。犯人を特定できる証拠を見つけなきゃ。困難だけれどね、勝算がないってわけじゃない」

「本当に？」

「どんなに難しくたって、やるしかないんだ――」

シャクティは唇をかんで、

「――ホンファを殺させやしない」

13 証明

ロンは誰に殺されたのか？

謎《なぞ》はそこに立ち戻る。シャクティはロンの死体を別室へ移すと、もう一度浴室を綿密に調べ上げた。わかったのは、痕跡の少なさだ。

「死体が咥《くわ》えていた麻雀牌《マージャンパイ》はどういう意味があるのかしら」

「『中《チュン》』の牌だね――」

シャクティは、死体の口から取り出した牌を調べて、

「――犯人が口の中に押し込んでいったんだ。それは間違いない」

「うん……」

わたしは母が持っていた麻雀牌を取り出して比べてみた。麻雀牌なんて酷似したものがいくらでもある。それにしても、二つの牌は同じつくりをしていた。同じ素材、同じ塗りが施された牌。ひとそろいのセットなのは明白だ。

ただ、それが何を意味するかまではわからない。

それに関する考察はあきらめて、現場状況を検《あらた》める。

「浴室だから、痕跡を消すのは容易だっただろう。水で流してしまえば、たいていのも

のは流れ落ちてしまう。犯人が浴槽からお湯を抜いたのも、そういう意図だったと考えられる」

「お湯に何か犯人の手掛かりがあったってこと？」

「そうだね」

「でも、お湯に残る痕跡って何かしら？」

「たとえば、血液かな。犯人は犯行の際に傷を負った。流れ出た血がお湯に混じってしまって、これはまずいと考えてお湯を抜いた」

「科学的な鑑識捜査が行われる前提なら、それを警戒した犯人がそうするのはわかるけど、『城』での犯罪の場合にそうするかしら」

「うーん、万が一を考えて、かな」

　シャクティは頭を掻《か》いた。納得のいかない様子で、

「まあ、フーの云うことが正しいね。ここで何かあったとしても、警察の手は届かない。犯人はそれを承知で実行した。つまり、誤魔化したかったのは、犯人を捜し出して報復を考えるだろう香港コミュニティの目だ」

「あからさまな証拠が残ってたってわけね」

「そういうことだろうね。犯人は犯行直後にお湯を抜いているんだから」

「もうひとつ気になることがある」

「匂《にお》い、か」

シャクティは爪《つめ》を噛《か》んで考え込んだ。

「花蘇芳の匂いだったんだよね」

「香水かしら」

「そんなのつけた娘《こ》いたかな？」

「……ホンファは？」

わたしはおそるおそる聞いてみた。シャクティは首を振った。

「ホンファは、香水の類《たぐい》はつけない。質素な生活をしていたし、匂いに敏感で、人工の香りがあんまり好きじゃないんだ」

「それなら、ホンファじゃないよね」

「うん――」

シャクティは考え込んで、「――あたしたちがこうやって色々と検討したように、ホンファも同じように検討して、何かに気付いたってことかな」

「どういうこと？」

「もしも、ホンファが犯人を庇っているなら、ホンファは犯人が誰かわかってるはずだろう？」

「云われてみればそうね」

「だから、あたしたちにわからないはずはないんだけど」

シャクティは自分の髪を手でかき乱した。

「海獣に残っていた手形は？」

わたしは、浴槽に湯を注ぐ役割をする海獣の像を指した。

「殺人との因果関係がわからない」

シャクティは手形の付いた海獣の貌《かお》を見ながら、

「この痕跡で証明されるのは、ホンファがこの浴室へ入ったことがあるということ。そして、おそらくだけど、指の切断を行ったのが、この場所だということだね」

「ここで、指の切断を？」

「うん、こうやって」

シャクティは海獣の貌に手をかざして、

「刃物を指に押し当てたんだ。それで、出血して手形がついた。手形の指のところを見ればわかるけど、血が吹いて形が歪んでいるのがわかる。刃物を押し当てた線もついている。間違いない」

「痕跡を洗い流さなかったってことよね」

わたしは薄ら寒いものを感じた。

「理由はわからないけどね」

「ロンの死体に外傷はなかったし、この手形と犯行は無関係なのかしら」

「ホンファが指を切断したのは今日の話じゃない。時系列的に考えても、犯行と直接結びつく要素ではないね。ただ――」

シャクティは首をひねって、

「――なぜ痕跡があるのか、については注意しないといけない」

「なぜって、それは指を切断したからでしょう？」

「そうして、その痕跡を洗い流しもせずに放置していたってこと？　ロンは、血濡れた手形の付いた浴室をなんのためらいもなく使っていたってこと？」

「そうね……そう考えるとおかしい」

「犯人もそれをわかってる。ロンを殺した犯人は、この痕跡に気がついていたはずだ」

「犯人が、わざわざ自分と無関係の痕跡を消す必要はないんじゃない？」

「そうだね、だから消さなかった。犯行と指の切断に、時間的な誤差が生じるから無関係だと判断できるのは、あたしたちだけ。第三者は、この痕跡は犯行と関係するものと考えるだろうからね」

「自分の疑いをそらすために、血濡れた手形についてはそのままにしておいたのね」

「犯人については、そう考えていいと思う」

「でも、ロンが痕跡をそのままにしていた理由はよくわからないわ」

「……見せしめかもしれない」

「え？」

わたしはシャクティの視線の先、六本指の手形が押された海獣の貌を見た。

「そんな気がするんだ。確証はないけどね」

バイの死体ももう一度綿密に調べた。シャクティは、天井と割れたガラス、それに落ちてきたガラス片に注目していた。

「なぜ天井のガラスが割れたのか。バイの死体がその下にあるのはなぜなのか」

「こういうことじゃない？　犯人は、石か何かを天井に向かって投げつけるのよ。そうすると、天井のガラスが割れて、真下にいるバイはガラス片を浴びて死に至る」

「わかりにくかったけれど、バイの死体には刺し傷があった。つまり、死因はガラス片によるものじゃないんだ。その説は不正解だね」

「うーん、それ以外に、わざわざ天井のガラスを割る必要性がある？　犯人は、刺殺しておいて、それから天井のガラスを割ったのよね？」

「ガラス片がバイの身体《からだ》に降っているから、順番はその通りだね」

「どうして、わざわざそんなことをしたのかしら？」

「そうすることで、得られる何かがあるんだろう」

「得られる何かねえ」

考えれば考えるほど、わからなくなってくる。

わたしは頭上を見た。天井付近にワイヤーでつられた板みたいなのが連なっている。

「あれって何かな？」

「清掃とか点検で使う、空中回廊だね。キャットウォークとか云うんだっけ」

「あれを使えば、天井に開いた穴のあたりに近づけるね」

「うん、もしかしたら、そうやってガラスを割ったのかもね。でも、手段がそうだとしても、どうしてそうしたのか、がわからなければ意味ないよ」

「そうね」

嘆息する。謎だらけだ。

「ロンとバイの殺しについては、共通する匂いみたいなものを感じるね。どことなく、手法に似通った思想みたいなものがある」

「ねえ、考えたのだけれど、天井のガラスの謎はともかく、バイは刺殺なのよね？」

「そうだね。胸の刺し傷は深い。たぶん、大ぶりな刃物だとは思うけど」

「その凶器を探したほうがよくない？」

「犯人は、真っ先に始末してると思うよ。ここは隔離された空間だけれど、鉄格子がはまっているとはいえ、窓は開くし、その気になれば、見つからないように隠すのだって可能だろう。凶器探しは、あんまり建設的じゃないね」

「刺殺だとしたら、返り血を浴びたはずよね？」

「あたしたちは現場にすぐ駆けつけた。その時に、近くにいたのはホンファで、血なんかついてなかった。その意味で、ホンファは犯人じゃないって云い切れるんだけど」

「だめよ。あの時、ホンファって赤い色のドレスを着ていたでしょう？　一見して血が付いているかなんてわからなかったわよ」

「そうだね。ホンファじゃなかったとしても、その場から立ち去ってすぐに付着した血を洗ったり、服を替えたりする余裕はあった」

「服が替わっていた子っていた？」

「チァンファ、マーメイ、シンと双子は、服が替わっていた。部屋に戻る機会があったから、着替えたんだろう。ホンファはそのままだった」

「シャクティ、記憶力がいいのね」

「他人に自慢できることのひとつだね。そのあたりはばっちり」

「わたしやホンファの無罪を証明してくれる探偵さんだものね」

わたしは血なまぐさい現場から廊下へ出た。

「嫌になった？」

「少しね。でも、だいじょうぶ」

「ロンとバイはなぜ殺されたんだろうな。ホンファは動機を問題にしてなかったけど、あたしにはこれだけのことをする理由があるって思えるんだよ」

「そう考えるのが普通でしょうね。でも、妹仔はある程度納得済みでここにいるわけでしょう？　ロンやバイを殺害するほどの動機を持ちえるかしら」

「そこも問題だね。……さて、そろそろ時間だ」

「時間って？」

「シェリーが来るんだ」


シャクティと扉へ向かう。

「報告をして、判断を仰ごう。心配いらないよ、シェリーは、フーを香港コミュニティに引き渡すつもりなんかないからね」

「ホンファのことがあるわよ」

「うん――それは」

シャクティと話しながら、扉のすぐ近くまで来たところで異変に気がついた。

小間使いの婆《ばあ》やが血相を変えている。そこには電話があり、誰かと切羽詰まったやりとりをしているようだ。

「どうしたんだい？」

シャクティが声をかけると、受話器を持ったまま婆やが、

「大変です。お偉い方々が、扉を開けろとおっしゃって。でも、あたくしぁ、鍵を持っていませんし、そこに打ち込む番号もわからないんです」

「お偉い方々って――」

シャクティが云い終わらないうちに、扉の向こうで工作機械の音が甲高く響き始めた。彼女は婆やから受話器をひったくると、電話相手に猛烈な勢いでまくしたてた――広東《カントン》語だったので、わたしにその内容はさっぱりわからない――そのかいあってか、扉の向こうの音は収まった。

「開けるしかなさそうだ」

シャクティは厳しい顔で扉を睨《にら》んだ。

「だいじょうぶなの？　シェリーを待ったほうが……」

「そうしている間に、やつらは扉を壊してしまうだろうね」

シャクティの言葉の途中で、また工作機械の音が鳴り出した。彼女は扉に鍵を差し込んで、解錠するための暗証番号を打ち込んだ。

鈍い金属音とともに施錠が解かれた。

扉が蹴《け》り破られるような勢いで開かれた。

扉の前には黒服の人たちが集っている。体形がわかりにくいようにパンツスーツだけれど、女性が大半のようだ。異様なのは、黒服たちのいずれもが白面で顔を覆っていることだ。

その中に一人だけ、派手な化粧、鱗《うろこ》のような光沢のあるドレスに身を包んだ女がいた。血を流したみたいに真っ赤な唇、みずみずしいミントの葉を咥えている。

「おや、シャクティ・サマンサ。奇遇だね？」

「ペニンシュラ」

シャクティが吐き捨てるように云うと、ペニンシュラと呼ばれた派手女が無言で歩み寄り、右拳《こぶし》をシャクティの顔に叩《たた》きこんだ。

「相変わらず、口の利《き》き方を知らない小娘だね？ ペニンシュラ姐《ねえ》さん、とお呼びよ。フォンジェンの関係者でなけりゃ、叩き殺してるところだよ」

「やってみろよ」

シャクティの言葉遣いが、いつもより刺々《とげとげ》しい。ぺっと真っ赤な唾《つば》を吐き、憎々し気に相手をにらみつけた。

「そうしてやりたいんだけどね、わたし、今日は仕事で来てるのよ」

「娼館経営者どもの使いか？」

「『英国救世騎士団』だよ。聞くだけヤボってものじゃない？」

ペニンシュラは口の端に咥えたミントを少し噛んで、目を細めた。

「誰？」

わたしは、小声で聞きながらシャクティの顔にハンカチをあてた。口が切れてにじんだ血が布地に広がる。

「ペニンシュラって通り名の掃除屋だよ。『英国救世騎士団』なんて御大層に名乗ってるけど、実際は英国系のならず者が、娼館や妹仔を扱う『城』でのゴタゴタを処理するために、コミュニティに雇われてるってだけ」

「聞こえてるわよ？」

ペニンシュラは笑って、

「そっちがシェリーの孫娘ね？　お初にお目にかかるわ。そしてさようなら。ここはわたしたちが事後処理するから、あなたたちはもうお帰りいただいて結構よ」

「事後処理ですって？」

「そう、あなた――」

ペニンシュラは、わたしを品定めするみたいに頭からつま先まで眺めた。

「わたしは風です」

「フー、そこの生意気な印度女を連れて帰りなさいな。そうして、シェリーに今度の件は貸しにしておくって、そう云っておいて頂戴《ちょうだい》。孫娘を放免すれば、シェリーは後々まで忘れずにいてくれるでしょうからね」

「日本語がお上手なんですね、ペニンシュラさん。だったら、わたしの言葉もよく理解できますよね？　お断りします」

「あらあら」

ぎりっと口の端でミントの葉が嚙み千切られた。

「わたし、頭痛持ちなのよねえ。ほんとうにひどくて――」

粘着質な眼差しと、剣呑《けんのん》な口調。本当に蛇のようだ。

「あたしたちは真実がどうであるのか調べているんだ」

シャクティがひるむ様子もなくそう云った。

「真実？　無実を証明するために事件を調べているとでも？　そのわりに、ちんたらするばかりで、一向に進展がない。それどころか、バイまで殺されたっていうじゃない。もう黙ってられないって意見が、コミュニティの内部からも出てるのよ」

「解決はすぐだよ」

「本当かしらね？　まだ目途もたってないんじゃない？　わたしたちが介入するほうが早いわ」

「てめえらのやり方は、皆殺しにして終わりだろうが」

「よくわかってるじゃない」

ペニンシュラは平然と笑んで、

「合理的よ。誰がやったかなんてどうでもいいわ。関係者を全員始末してしまえば、すべてが丸く収まるのだもの」

「無関係の人間の命を奪ってもか？」

「たいしたことじゃないわね。さ、仕事にかかりましょうか」

ペニンシュラが手で合図すると、黒服の何人かが動き出そうとした。

「待ってください」

わたしとシャクティが止めるより早く、背後から声が上がった。振り返ると、そこにはホンファが立っていた。

——いけない！

わたしは本能的にペニンシュラとホンファの間に立った。

「あなたは？」

ペニンシュラが、懐《ふところ》から取り出したミントの葉を咥える。

「わたしは——」

「待って、ホンファ、早まったこと云わないで」

「もう決めたのです」

ホンファはそう云うと、「わたしが殺しました」

「へえ」

ペニンシュラがミントを咥えた口を歪《ゆが》めた。

「違う、ホンファは犯人じゃない」

シャクティが叫んだ。

「どうでもいいことさ。コミュニティのメンツがたって、ことが収まればそれでいい。何人死のうが、誰が死のうが、わたしの知ったことではないんだから」

黒服がホンファを拘束しようと動き出す。シャクティが体を張って盾になる。わたしも両手を広げて進行を阻《はば》もうとした。

「フォンジェンの二人は、ご退場いただこうかねえ。少し痛めつけてもかまわないよ。シェリーにはうまく云っておくから――」

ペニンシュラの声は、シャクティの怒声にかき消された。黒服が四人もたばになってシャクティを抑え込もうとしてる。わたしは一人に腕をつかまれた。

「お待ちを」

喧噪《けんそう》の中で、奇妙によく通る男の声が響いた。

黒服が動きを止めて、シャクティが大人しくなる。ペニンシュラが、再びミントの葉を嚙み千切った。

「全員、動かないでいただきましょう」

人の群れの向こうに、チェンが立っていた。

14 魔警

チェンの言葉は、強制力を伴ってその場の全員を釘付《くぎづ》けにした。わたしにはそれが不思議だった。いったいどうして、マフィアの先兵とでもいうようなペニンシュラたちが、彼の言葉に耳を貸すのだろうか。

「『魔警』が」

ペニンシュラが吐き捨てた。

——魔警？

わたしは混乱したまま、闖入《ちんにゅう》してきたチェンを見た。

「察しがよろしい。荒事は今後のためになりませんぞ。その三人を解放して、手下を退《ひ》かせてもらえませんかな」

チェンがそう云うと、ペニンシュラはしぶしぶといった感じで部下に命令した。驚くほどあっさりと、わたしたちは解放された。

「チェンさん？」

わたしが話しかけると、

「ご無事で何よりですな。ミスターGから連絡を受けて、無理してここまできたかいがあったというもの。なにせ、ここはわたしのようなものが、うかつに入ることはできませんからな」

「あなた、いったい何者？」

「そいつは、黒警だよ」

　シャクティの表情は険しかった。

「黒警って？」

「王立香港警察の蔑称《べっしょう》。黒社会との癒着があるから、香港の警察はそう呼ばれるんだ」

「この男はその中でも悪《わる》でねえ――」

　ペニンシュラが、ねっとりとした口調でにらみつける。

「『魔警』ってあだ名される汚職警官さ」

「不本意なあだ名ですな」

　チェンは笑い、

「とにもかくにも、この場を収めていただきたい」

「警官なんて、お呼びじゃないんだよ。ここは女が仕切るってルールを知らないわけじゃないだろう？」

　ペニンシュラが手厳しく云ったが、チェンは涼しい顔で、

「おわかりになっていないようだ。ルールには例外が存在する。わたしもたまたま、こ

こに立ち寄ったわけではない。これが仕事なのでね」

「まさか、香港コミュニティが依頼を？」

さっとペニンシュラの顔色が変わった。

「そのとおり。城塞福利厚生事業部会が、シャクティ嬢の下宿付近で派手なことをやらかしましてね。どうも、掃除屋だけでは不安があるというので、わたしが出向いたのです。その心配は的中したようですな」

「何云ってんだい。これからぜんぶ、丸く収まるところだったんだよ」

「死体を増やして、ですかな。ペニンシュラ、あなたはおわかりになっていないようだが、九龍は無法地帯ゆえに、政府から目をつけられている。殺人が明るみに出れば、『城』は商売を続けていけなくなる」

「明るみに出たりはしないさ」

「そんなにうまくいきますかな？　掃除屋は荒事はできても、痕跡《こんせき》を消すのに慣れていない。だいぶ、見通しの甘い考えと云わざるを得ない」

「だからって、あんたが何をしようってんだい？」

「犯人の確保ですよ。わたしは、そうしたことに慣れている。だからこそ、こうしてやってきた。あなたは、確保された犯人を取り押さえる役目をしてくれればいいのです」

「ふん、いくら貰《もら》って請け負ったんだい？　それとも、必要経費として、あとから請求するつもりなのかい？」

「答える義理はありませんな」

「……まあ、いいさ」

ペニンシュラは、不承不承納得した様子で、

「お手並みを拝見といこうじゃないか」

ペニンシュラとの話し合いが終わると、チェンは——もはや、彼がチェンなどという名前なのかどうかも疑わしいけれど——シャクティの顔を見て、

「災難でしたな。顔を冷やしてくるといい。痕《あと》が残ったりしたら、大変ですぞ」

「だいじょうぶだよ。それより、あんたどういうつもりだい？」

「わたしの意図は、今、説明した通りです」

「あたしたちを助けようとでも云うつもり？」

「その必要があれば、ですな」

チェンは、わたしのほうを見て、

「ロンとの会見は叶《かな》いませんでしたな。まさか、殺されていようとは」

「警察だったなんて、わたしに嘘《うそ》をついていたんですね」

「それに関しては謝罪します。警官だと名乗って、信用してくれるか不安だったもので」

「わたしとの出会いも偶然ですか？」

「日本に観光旅行へ行った帰りに、機内でシェリーの孫娘と同伴できるとは夢にも思いませんでしたな。その後もいささか偶然が続いたようで――脇腹《わきばら》の肉をつねるのをやめていただいてもよろしいかな？」

　相変わらず、しれっとした態度のチェンを睨んで、

「シャクティのご両親に借りがあるって話も嘘ですか？」

「それは本当ですな。サマンサには上海で借りがある。だからこそ、こうしてあなたたちを助けている」

　チェンの言葉を信じていいのかわからない。困ってシャクティを見る。彼女は、むすっとした顔で、

「あたしには覚えがないけど」

「あなたは、まだ乳飲み子だった」

「汚職警官に助けてもらわなくたって、何も困ることなんかないよ」

「あなたたちだけでペニンシュラに対抗できますかな？　あの娘さんを助けることが？」

チェンは、そう云ってホンファを指した。

「それは――」

「難しいでしょう。であれば、協力してことにあたりましょう。犯人を捜し出して、ペニンシュラに引き渡すのです。そうすれば、万事がうまくいく」

「――わかったよ。あんたを信用したわけじゃないけど」

「結構」

チェンはうなずいて、「では、仕事にかかりましょう」

「それでは、状況を何から何まで、すっかり説明してください。無関係だと思われることや、たいしたことじゃないと思えるようなことまで、全部です」

状況説明を求められて、わたしとシャクティは自分たちがやってきてからの出来事、調べた内容を細大漏らさずに話した。

チェンは黙ってそれに聞き入っていた。

「なるほど、承知しました」

状況説明が終わると、チェンは何か思案顔で腕組みして、その場をうろうろと歩き回った。

「ロンと、バイの殺害現場を確認して、その娘さんたちに話を聞きましょうか」

「うん……」

シャクティが、ホンファのほうを気にした。彼女はペニンシュラの部下たちから解放されてから、一言も口を利かずに、こちらを注視していた。

「ホンファ……」

シャクティが声をかけたけれど、ホンファは視線を切った。

「彼女には別室でお待ちいただきましょう」

チェンがそう気遣い、

「まずはロン殺しの現場へ」

「……こっちだ」

シャクティが先に案内して、浴室のほうへ向かう。ホンファと小間使いの婆やは別室へ向かわせ、わたしとシャクティ、チェンにペニンシュラの四人だけだ。

浴室に着くと、中の状況を事細かく調べ始めた。

「口中に麻雀牌が？」

チェンは不可解そうな顔をした。一応、その牌を見せる。わたしが持っている牌については話さなかった。シャクティが目顔で首を振ったからだ。まだこの中年紳士を信用してはいけないと、そう云いたいようだった。

「偶然と考えるには、いささかおかしな品ですな」

「意味があると思う？」

シャクティの質問に、チェンは首をかしげて、

「判断する材料が足りませんな」

「うん、そうだろうね――」

シャクティは少し落胆した様子で肩をすくめた。

「ロンの死体を見つけたとき、お湯は確かに抜かれていたのですな？」

「はい、間違いありません」

わたしが答えると、チェンはうなずいて、

「うむ、なるほど」

チェンは浴槽の中を嗅《か》いで、

「わずかだけど、花蘇芳《はなずおう》の匂いが残っておりますな」

「匂うかな？」

シャクティも浴槽を嗅いでみたけれど、首を傾《かし》げた。わたしも嗅いでみた。香りは飛んでしまっているようで、ほとんどわからなくなっている。

「希薄ですが、たしかに残っていますよ。フーさんの嗅覚《きゅうかく》は鋭敏だ」

「ねえ、チェンさん」

　わたしは、壁際《かべぎわ》に立ってこちらへ不機嫌な視線を向けているペニンシュラを意識して小声で、

「本当に謎が解けるの？」

「手掛かりはじゅうぶんに残されていますな」

「これだけのことで？」

「これだけのこととは、意外ですな。フーさんはよく考えてはみたのですかな」

「もちろんよ。これ以上のことは、警察の科学捜査でもない限り、わからないってくらいは考え抜いた」

「フーさんは奇妙な幻想に囚《とら》われている。だから、答えがわからないのですな」

「幻想って――」

　わたしが言葉を失っていると、チェンは海獣の像まで歩いて、

「シャクティさんはいかがですかな？」

「犯人はわからない。どうやったのかは、おおよその見当がつくけれど」

「それじゃ、どうやったのか聞かせてみてください」

「――犯人はロンの殺害をもくろんだ。ロンが妹仔たちを浴室へ呼んだあと、犯行に及んだと考えられる。浴室へ侵入して、無防備なロンを何らかの方法で――」

「ストップ」

チェンがややあきれた顔で、「何らかの方法とは？」

「殺害方法はわからないけど」

シャクティが口ごもると、チェンは嘆息して、

「何もおわかりになっていない」

「死体を解剖でもしない限り、死因を特定できるわけがないよ」

「理屈ではそうですな。だが、歴然とした事実を目の前にしたら、それは裏付けと云う補完でしかなくなる。シャクティさんは胸にナイフが突き立った死体を見て、死因はわからないとでも云うおつもりですかな？」

「いや、まあ、それはそうだけど」

「だったら、これもはっきりしている。浴槽で死んだ女がいた。他殺だったとしたら、もっともらしい死に方があるでしょう」

チェンの指摘で、浴槽をじっと見つめたわたしはようやく閃《ひらめ》いた。

「溺死ね」

「そう、浴槽にはお湯が満たされていた。外傷が無ければ、まずは溺死《できし》を疑うのが当然でしょう。あなたたちは、浴槽にお湯が入ってない状況を見て、幻想を抱いてしまった」

「確定はできないだろ？」

シャクティは少しむすっとしたが、認めてないわけではなさそうだ。

「外傷を残さずに人ひとりを殺すのは難しいものです。考えられるのは、毒殺か、ガスを使うか、電気でも流すか。それにしても、特徴的な痕跡があらわれてしまう」

「絞殺《こうさつ》は？」

わたしが聞くと、

「フーさんは恐ろしいことを云う。絞め殺したりすれば、締め痕が残るし、死体は別人のように顔を歪める。絞殺死体を見たら、あなたは失神するでしょうな」

「確かに。死体は比較的ましなほうだったと思う」

「体の中に水が入ってるでしょうが、まあ、それは解剖でもしないと確定しないというのは確かです。ただ、状況的に合致して、疑う余地のない答えでもある」

「犯人は浴室に忍び込んで、ロンを浴槽のお湯を使って溺死させた。それを隠蔽《いんぺい》するためにお湯を抜いたってことか？」

シャクティが聞くと、

「違いますな。溺死を隠蔽するためなら、死体を移動させる必要がある。浴槽に横たわっていたら、お湯を抜いても、溺死が疑われる」

「それなら、なぜお湯は抜かれていたんだ？」

「そこが謎を解く鍵《かぎ》ですな。さて――ところで、ロンが溺死だとすれば、犯人はロンの頭を押さえつけて、こう浴槽に沈めないといけませんな？」

チェンは、そこに誰かがいるかのような手つきで、浴槽に押し付ける仕草をした。

「当り前だね」

「そうだとすると、犯人はロンの抵抗をものともしない人物ということになる。ロンは女性だが、この業界の人間らしく、なかなか鍛えていたようだ」

「そうね、すらっとして、引き締まっていたように思う」

わたしは死体の体形――少し不道徳だけれど――を思い出して応《こた》えた。チェンには、死体の特徴もよく伝えてある。彼はそれを考慮して、

「身長も女性にしては高いほうだ。そうした女性を力ずくで抑え込んで、溺死させるとなると、かなりの重労働。そういうわけで――」

チェンは視線を鋭くして、

「――疑われている娘たちの中に、それが可能な者はいるでしょうか？」

そう聞かれて、わたしとシャクティは顔を見合わせた。シャクティは、

「チァンファ、マーメイ、シンシン、それからリンユーとリンリーの双子、ホンファのいずれも、身長も体重もロンに劣るね」

「さっき見た、小間使いの婆やは論外として、それが答えになっている」

「どういう意味？」

「ロンを溺死させることができる人間はいない、ということです」

チェンが導き出した答えは、わたしとシャクティを混乱させた。ペニンシュラは一人離れたところで苦笑している。

「いないって、どういうこと？」

「云ったとおりです。ロンを溺死させるには、ロンを力ずくで組み伏せるぐらい腕力と体力が必要になる。男なら、もちろん問題はないでしょう。だが、ここにいたのは、年若い娘たちと、腰の曲がった小間使いだけです」

「そうか」

シャクティが得心したというふうに、「バイだな？　やつなら、ロンと体格的に劣らず、溺死させるのも無理じゃない」

「これは重症だ」

チェンはあきれた様子で、

「バイが疑わしい人物でないのは、よくわかってるはず。彼女は、コミュニティの恐ろしさを知っている。もし殺人を犯すなら、『城』の外でやるでしょうし、そうであってもロンを狙《ねら》ったりはしない。自分の身が危うくなりますからな」

「そうだけど、他に該当者がいない」

「バイが犯人でないのは、死体が発見された後にコミュニティに連絡をとったことからもわかる。もし、バイが犯人なら、コミュニティに連絡をとるはずがない。報告すれば、調査の手が入ってしまう。もしも何らかの痕跡を発見されれば、自供するようなもので、自殺行為です」

「誤魔化せるって思ったんじゃない？」

「確かに、犯人は誤魔化せると考えていたふしがある」

　チェンは海獣の像を見つめて、

「そんなことは不可能なのですがね」

「矛盾しているよ。犯行が可能な人間はいないのに、犯人はいるっていうのかよ」

　シャクティが語気を荒くする。

「矛盾してはいませんな。まったく、矛盾していてくれれば、どんなにか良かったかと思える。現実は厳しいものだと思い知らされますな」

　ゆっくりと歩いて、海獣の貌をひと撫《な》でして、

「浴槽から抜かれたお湯、海獣の貌に残る六本指の手形。導かれる答えは決まっているのに、こう考えずにはいられない」

　振り向いたチェンは嘆息して、

「他に選択肢がなかったのか？　と」

バイの死体がある中庭にやってくると、チェンは天井を仰ぎ見た。すでに夕闇《ゆうやみ》が迫る空には、オレンジと藍色《あいいろ》を混ぜたような、複雑に絡《から》んだ色味があらわれていた。

「天井のガラスが割れていて、その下にバイの死体があった。間違いありませんな？」

「ああ、このとおりだよ」

シャクティが、バイの死体にかけてあった毛布を取り払った。それを一瞥《いちべつ》したチェンは、

「これはひどい。大きなガラス片がいくつも体に突き刺さってる」

「死因は、胸の刺し傷だと思う」

「ふむ、確かにそこは間違いない」

もう一度天井を見上げ、

「犯人はどうして天井のガラスを割ったのだと思いますかな？」

「また謎《なぞ》かけかい？　それはもう何度も考えたけど、やっぱりわからなかったよ」

「ロンの時も、バイの時も、あなたたちは奇妙な錯誤に陥っておられますな」

「錯誤？　いや、冷静に考えたつもりだけど」

「犯人が行った工作は、単純明快に説明できる。すなわち、誰が犯人であるのかを隠すという目的です」

「そんなことはわかってるよ」

シャクティはむくれた様子で、「わかってるけど、理由がわからないんだ」

「それはわかってるとは云い難いですな」

チェンは諭すように、

「天井のガラスが割れたことによって、引き起こされた事象はなんです？」

「割れたガラス片が落ちてくる？」

「それは経過にしか過ぎませんな。結果が重要です」

「下に斃《たお》れていたバイにガラス片が刺さるってことかな」

シャクティは腑《ふ》に落ちない顔で答えた。

「正解です。そうして犯人は、犯人が誰であるのかを隠した」

「それじゃわからない。ガラス片が死体に落ちて刺さったからって、どうして犯人がわからなくなるんだ」

「実際のところ、あなたたちは犯人が誰なのかわからなくなってる。効果はあったということですな」

「そうだけど――」

「さて、そろそろ、妹仔の様子を見に行きましょうか」

「答えを教えてくれないのか？」

「答えは、もうほぼ提示されています。最後にひとつ確認すべきことがあるが、それは、まあ、決定的なことではない」

　チェンは肩をすくめて、「説明が必要ですかな。そうして差し上げたいが、あそこにいる派手女が、こっちを怖い眼で見ている。うまくことを収められる算段がつくまで、注意深く結論をふせておいたほうがいいでしょうな」

「考えがあるんだな？」

　シャクティが聞く。その視線はペニンシュラに向けられている。

「そうですな。まあ、もったいぶってるつもりはないのです。もう少しだけ事態の推移を見守ってください」

　チェンは思案顔だ。わたしたちは浴室を出て、応接間に移動した。そこに妹仔の娘たちが集められていた。

　チェンが応接室へ入ると、六人の視線がいっせいに彼へ集まった。

「失礼する。わたしは王立香港警察の者だ。コミュニティの通報を受けて、今回の件で事態を収拾する責任を負っている。協力を願いたい」

「警察ですって？」

　チャンファが説明を乞《こ》うような視線をこちらに向ける。シャクティが、

「もちろん、コミュニティの意思が反映されているよ」

「もう、いったいどうなってるのよ。いつまでここにいればいいの？『城』にいるのは縁組が決まるまでの期間だと聞いていたけれど、ロンもバイもいないのに――」

　チャンファが不平を口にする。

「ご安心を。今夜中には、すべて解決している」

「本当に？」

「そうなるよう、協力していただきますぞ」

　チェンはそう云って、娘たちを見回した。彼の視線の力が、動揺した場を鎮《しず》めるとともに、奇妙な威圧感でもって場の空気を呑《の》んだ。

「発言してもいいでしょうか？」

　一人、ホンファだけが平然と言葉を返した。

「ほう、もしかすると、あなたがホンファ嬢かな？」

　察したチェンに、ホンファはうなずいた。

　チェンはおもむろに、顔をホンファの首筋に近づけた。くんくんと鼻を動かして、

「うむ、清潔感のある香りだ。だが、蘇芳ではありませんな」

「ちょっと、おじさん？」

わたしはあまりの無礼に腹が立った。

「いや、これには訳が……」

「どういう訳でしょうね？　どさくさにまぎれて、匂《にお》いを嗅ぐなんて」

「これで、推理の材料はすべてそろったということです。いや、本当なので、ご勘弁いただきたい。後で、弁解をいたしますので」

「本当？」

わたしは厳しい目でにらんだ。背後で、シャクティが殺気立ってるのを感じる。返答次第では、鉄拳《てっけん》制裁が下されるだろう。

「本当ですぞ」

チェンは額の汗をハンカチで拭《ぬぐ》った。

「わたしは気にしていません。それよりも、聞いていただけますか？」

ホンファは平静で、チェンはほっとした様子だ。

「構いませんぞ。何か云い分でも？」

そう聞くと、ホンファは、

「わたしが犯人です。ロンもバイもわたしが殺しました」

「あなたが？」

チェンは、わたしとシャクティに意味深な視線を投げてから、

「本当にそれでいいのですかな？」

「もちろんです」

「コミュニティの重要人物を殺したとなれば、命だけでは済みませんぞ。見せしめの制裁として、すさまじい暴力を受ける覚悟がおありか？　辱《はずかし》められ、手足を落とされ、内臓をすべて抜き出されて、ごみ捨て場にさらされる覚悟が？」

「ええ」

ホンファは揺るがなかった。

「そうですか――」

チェンは、もう一度周囲を見た。妹仔の娘たちひとりひとりに視線を向けて、それから表情を険しくした。

「――申し訳ありませんが、それは認められませんな」

「なぜですか？」

「あなたは犯人ではない」

チェンは断定した。ペニンシュラが何か云いたげな視線を向けるのを無視して、

「犯人でない者を、犯人だと断じることはできない」

「どうして、わたしが犯人ではないと？」

「証明できるからです」

　チェンは、自信に満ちた顔だ。ホンファの血のにじんだ包帯が巻かれた左手に、そっと手を添えた。

「よほどの信念と、そうさせるだけの動機があるのでしょうな。あえて、それを聞きたいなどと野暮は申しません。だが、これだけはわかって欲しい。自らを犠牲にするだけの価値が、殺人にあると思われますか？」

「それは――」

「貧民街で、だいぶ苦労を重ねたのでしょう。察するに余りある。自分を赦《ゆる》せないと思う気持ちがあなたを駆り立てるのでしょう――」

　優しく彼は笑って、

「――悪魔の証明が必要ですな」

15 指

「まずは、フォンジェンのシェリーの孫娘である、フーさんの容疑を晴らしておきましょう。彼女が犯人でないと証明し、疑わしい人物から外します」

　チェンはわたしのほうを指して、

「フーさんがロンとの会見に臨んで浴室へ入った時に、すでに浴槽のお湯は抜かれていた。この事実は、そのあとすぐに踏み込んだバイの証言によってもあきらかです。浴槽は広く、湯量も多い。殺人を行ってすぐに抜いたとしても、お湯がなくなるまでは時間がかかるでしょう。バイが踏み込むまでには間に合いません」

「お湯の件は殺人と無関係で、はじめから浴槽は空だったのじゃない？」

　チャンファがそう云ったが、チェンは首を振って、

「それはありえませんな。ロンは、空っぽの浴槽で、裸で何をしていたのですかな？　そんな状況を想定するのはいかにも現実味がない。また、入浴の前にお湯を入れたという小間使いの婆《ばあ》やの証言とも合致しません」

　チェンはさらに、

「また、動機の問題もあります。日本からやってきたばかりのフーさんに、香港コミュ

ニティの『城』の城主を暗殺する理由はない、まして――」

チェンは、ホンファに向かって笑んだ。

「――ご友人を危険にさらすような真似《まね》をするはずがない。彼女はシャクティ嬢やホンファ嬢を救うためにここへ来たのですからな。疑われるべきは、内部にいた人間だけなのです」

「……わかったわ」

ペニンシュラが無表情に相槌《あいづち》をうった。

「では、この後の証明のために少しばかり講義をいたしましょう」

「講義？」

ペニンシュラは不可解そうに聞き返した。

「はい、医学ですよ」

チェンはかしこまって、

「多指症という先天性異常は、よく知られている。その名の通り、手足の指が通常よりも多い状態で生まれてくることを示します。これは、指が分離形成される過程で発生し、人種を問わずよく見られる――」

チェンは続けて、

「――骨格が不完全であったり、細い茎でかろうじて繋《つな》がっているだけであったりと、多種多様なケースが存在する。ホンファ嬢の場合は左手小指の外側に完全な指がもう一本形成されている。これは、シャクティ嬢の下宿に忍び込んだ賊が持っていた、ホンファ嬢の指からもよくわかることです」

「その話と、事件とがどう関わりあるの？」

チァンファが口を挟んだ。

「関係のある話はこれからですな——さて、こうした多指症は先進国では、子供の時に手術治療をしてしまうのが当たり前だ。ただし、ホンファ嬢はそうした治療を受けてこなかった。この『城』にやってきてから、自らの意思で指を切断した。六本指のままでは、妹仔としての値打ちが下がる。そんなふうにロンに云われたのではないですか？」

「——はい」

ホンファは静かな眼差《まなざ》しでチェンを見つめ返した。

「指を一本切り落とすというのは、並大抵のことではない。ロンに強いられたとはいえ、覚悟のほどが良くわかりますな。切断した指を、シャクティ嬢へ送ったのはどういう意図なのですかな？」

「彼女に、わたしのことをあきらめてもらうためです」

「誰かにそのことを話しましたか？」

「いいえ」

　ホンファは簡潔に答えた。チェンは周囲を見て、

「気がついた方はおられましたかな？」

「今日、指をどうにかしたんだろうってことは、わかったけど……」

　チァンファが答える。他の娘たちも口々に、

「うん、なんとなく察してた」、「わかってた」、「わかったよね」、「今朝だよね」と調子を合わせた。

「よくわかりました」

　チェンはなぜか満足そうにうなずいて、

「その傷の手当も自分でやったのですな。かなり痛むでしょう？」

「苦痛には強いほうなんです」

「たいした女性だ。この経緯で重要なのは、それが誰にも知られてなかったということです。事件後に、ホンファ嬢の手を見て気づく人がいたでしょうがね。それ以前に知る人間はいなかった。いや、ロンとバイは当事者なので知っていたでしょうな」

「そのとおりです」

「なるほど」

　チェンはうなずいて、

「今日、あなたは指の傷を理由にして入浴を断ったのでは？」

「それは——」

「左手小指を一本切断したばかりで、入浴するわけにはいかなかったでしょう。ロンにそう話して、入浴を断った」

「……少し熱があるので、いつもより短い時間でお暇《いとま》しました」

ホンファはあいまいに答えた。

「あなたは浴室へ行き、短い間だけ話をして自室へ戻った。殺人など行うことはなかった」

「それはあなたの虚構です」

「自分を信じるか？」

チェンは、歩み寄ってホンファに聞く。「そう質問された？」

「……はい」

「なぜ、ロンはそんな質問をしたのですかな」

「わかりません。ロンは哲学に興味を持っていたかもしれませんが、わたしには自明でしかありませんでした」

「信じていないと、あなたは答えた——」

チェンは瞑目《めいもく》するように瞼《まぶた》を閉じて、

「——自分を信じるとは何なのか？　それが問題だとは思いませんか？」

「あなたまで哲学論争？　おめでたいわね」

　ペニンシュラが横合いから茶化したが、チェンは意に介さなかった。

「この命題は、哲学とは関係ない。ロンは何か意図があって質問をしたに違いないのです。自分は何を意味し、それに対する答えが、ロンにとってどのような価値を持ちえたかが重要だ」

「わたしは神を疑い、信仰を捨てた。まして自分など信じるわけがありません」

　ホンファが返す。

「ロンが哲学の問題を説いたとは思えません。だからこれは、妹仔の娘たちがどのような答えを返すのかに興味があったととらえるべきでしょう。ホンファ嬢の答えが他の五人と違っていたのは興味深い。彼女だけが自分を信じていなかった」

　チェンは両手を広げて問いかけた。

「自分を信じるとは何なのか？　自信家が良くそうするように、あるいはナルシストが自己愛ゆえに、己だけを信仰の対象とする。そんなことをロンが確認したかったとは思えません。にもかかわらず、ロンは妹仔の娘に聞いた。ロンが質問した自分を信じるか、という問いにはどういう意図があったのか？　これは自分を信じないと答えたホンファ嬢に対して行われた、次の質問によってわかる。

　では、他人を信じるか？

自分を信じない人間は現実主義的傾向が強い。これは自己の判断が必ず正しいという、盲目的な信仰を抱いていないからだ。自らを疑い、その判断を冷静に点検する理性が、顕著に性質として顕《あらわ》れる。

つまり、ロンは、現実主義的な思考をする娘か否《いな》かを知りたかったのだと考えられる」

「でも、ホンファは他人は信じると答えたのよね？」

わたしが聞くと、

「そう、ホンファ嬢は他人を信じると答えた。

『死を目前にしたわたしを助け、導いてくれた人は存在するもの。神に失望して、信仰を失い、自分さえも信じるに値しないと割り切ってもなお、わたしの胸の奥で消えない希望。そうした愛に似た何か、どこか破綻《はたん》している信仰に似た何かが、わたしを今も生かし続けている』

誰かのために生き、誰かのために何かを為《な》そうとしている。それはとても尊いことだ」

チェンはシャクティを見た。彼女の顔に苦悩が広がった。

「——ところで、ロンは妹仔の娘たちについての懸案事項を抱えていた」

チェンの目が鋭く周囲へ向けられる。

「富豪へ売り渡す妹仔の選定」

　誰かが息を呑んだ。

「伝統的、もしくは一般的な習慣としての妹仔というとらえ方はあるにせよ、これは奴《ど》隷《れい》だと断じる外国人は多い。事実として奴隷的な扱いを受ける場合も多い。奴隷的な性質を持った妹仔を、顧客となる富豪、資本家が求めた場合、ロンはその資質をどのように判断するか？」

　皆の視線を集めながら、チェンは円卓を離れて壁際まで歩いた。

「まず、奴隷は自己を否定し、従順でなければいけない。反抗する奴隷など厄介なだけ。奴隷は主人、つまりは他者を信仰しなければならない。主人より尊重するものはないのだから。ロンはその資質を確かめたかった。表面上は、従順さなどいくらでも取り繕える。内面的な心情を確かめるため、暗喩《あんゆ》によって本心を探ろうと画策した。それは彼女なりのいつものやり方で、自分を信じるか？　といった哲学めいた質問を行った」

　振り向いたチェンはホンファを指して、

「自分を信じない自己否定、他人を信じる献身」

　肩をすくめ、

「奴隷の資質があると、ロンは判断した」

「わたしは……」

ホンファが何か云いかけたけど、言葉にはならなかった。

「六本指のままでは、妹仔としての値打ちが下がる。そう云えば、迷わずに指一本を切り落とす。類《たぐい》まれな忍耐と献身を示すさまで、ロンは評価を確かなものにした。その後、ロンがホンファ嬢を高く評価するのを知った人物がいる」

奇妙な緊張が場に張り詰めた。

「妹仔は養女のような側面があるのも事実です。そうだとするなら、富豪に買われるのは幸運だと云える。事実、華人資本家は妹仔を大切にするし、良家に入るのはその後の人生を明るいものにするでしょう。『城』は残酷だ。質のいい妹仔を、優良な顧客に高額で売って、莫大《ばくだい》な利益を得ている。当然、選ばれなかった妹仔たちの末路は哀れだ。より程度の低い家柄に安値で売り払われるか、娼館《しょうかん》あたりに引き取られるか――」

嘆息して、

「――悪い結果になる。それが理解できていれば、どんなことをしてでも、ロンの評価を確かなものにしたいと考える。競争相手が、高く評価されるのは避けたかったでしょうな」

「わたしたちの誰かがやったって云うの？」

チァンファが立ち上がって反論した。

「ロンが誰かを評価したからって、ロンを殺してしまうのは本末転倒じゃない」

「そのとおり。だが、犯人はこうも考えた。もう、評価を覆《くつがえ》すことはできない。それなら、今のロンを排除して、新しいロンに自分を売り込んだほうがいい。『城』はロンがいなくなっても、また新しい適任者がその地位を引き継ぐ。このシステムが『城』と呼ばれる所以《ゆえん》ですな。とにかく、今のロンが邪魔になった人物がいた」

「誰も殺してなんていないわ」

「いいえ、殺してないという証明ができる人物はひとりだけです」

チェンは奇妙な云い回しをした。

「どういう意味？」

「悪魔の証明ですよ。そう云ったでしょう？　やってないことを証明できるのは、一人だけなのです。唯一《ゆいいつ》無二の消極的な可能性の排除というわけですな」

「わけがわからないわ」

混乱するチァンファにチェンは、「ではこう云えばわかるでしょうか」と、陰のある顔で云った。

「悪魔はより残酷だ」

チェンは一枚の紙を取り出すと、円卓の上に置いた。そこには、薄く手形のようなものが押されていた。

「これは、浴室の海獣の貌《かお》に押されていた手形に、紙を押し付けて写し取った。付着している血は、少し時間が経《た》っている。その証拠に、紙に押し付けてもほとんど付着しないほど乾いている」

「六本指ね。これって、ホンファの手でしょ。犯人だっていう証拠じゃない」

チャンファがそう云ったが、チェンは首を振って、

「ホンファ嬢は昨日、指の切断を行った。この乾いた血痕《けっこん》が証明しているのは、そういうことなのですよ」

「指をちょっと切って、血痕を残すのって可能でしょ。それで、実際の切断は今日だったってわけ」

チェンの指摘に、チャンファの顔が青ざめた。

チャンファの抗弁にも、チェンは否定的で、

「切断した指が、シャクティ嬢のところへ届けられた時間から考えて、それはあり得ない。また、ロンがホンファ嬢に対する評価を固めたと思われる事実とも符合しない」

「じゃあ、なんで現場にそんな手形が残ってるのよ。指を切ったのが昨日で、浴室に手形なんてあったら、チュンのおばあちゃんが掃除で消してしまってるんじゃないの？」

「残しておくように云われたのでしょう？」

チェンは、小間使いの婆やに聞いた。

「へ、へえ。ロン様が、海獣の像は掃除せんでええと、おっしゃいましたので」

「なんだってロンはそんなこと……」

「指一本を切り落とす、類まれな忍耐と献身、それを皆に見せつけるためでしょう。ホンファ嬢の行為は、他の娘たちが持っている競争意識を刺激する。より質の良い奴隷の選別のために、それは利用されるはずだったと考えるべきでしょうな」

「見せつけるためって――」

チァンファが絶句した。

「ホンファは、最後に浴室へ入ったはずじゃない。わたしたちは、その前に浴室へ入っているのよ。海獣の像に手形があるのは気がついたはず」

「自己矛盾ですな。いいですかな、最初に浴室へ入った時には気がつかなかった。なぜなら、浴槽に湯が満たされて、湯気でもうもうと煙っていたからです。しかし、犯行後は違います。浴槽から、湯が抜かれる段階で湯気は消え、海獣の像があらわになる。そこで犯人はしっかりと海獣の像に残る手形を見ている――」

チェンは語気を強め、

「――そして犯人が犯人足りうる条件のひとつが、湯が抜かれた後に浴室にいた人物」

海獣の像の、血濡れた手形を見て、指の切断は、今日行われたと誤認した人物なのです」

宣告によって場の空気は張り詰めた。

「ホンファが犯人じゃないって云えるの？」

チャンファの反論に、チェンは首を振って、

「よろしいですかな？　仮にホンファ嬢が犯人だったとすれば、昨日自分で指を切断し、自分の血濡《ちぬ》れの手形が残っている浴室で犯行を行い、その痕跡を消さずに立ち去ったのだということになる。自分が犯人だと知らしめるために、こうしたことを行ったのであれば、すぐに自分が犯人だと名乗り出たでしょう。しかし、実際は、犯人追及が行われた後に、ホンファ嬢は自分が犯人だと名乗り出た。これは極めて不可解だ」

「それはそうだけど――」

チャンファは言葉に詰まった。

チェンは意味ありげな視線をホンファに送る。ホンファは思いつめた顔をして押し黙っていた。

「――まだある。ホンファ嬢は、犯行の手段においても、犯人ではないと証明される。ロンは浴槽の縁に横たわった状態で発見された。浴槽に満たされていたお湯で、溺死させられたのです。外傷もなく、他に痕跡もないから、これは確実だ。そうなると、問題

はどうやって溺死させたか、ということになる。当然ですが、人を溺死させるには、頭を押さえつけてお湯に浸けないといけない。相手の全力の抵抗を封じて、それを実行するには体力と腕力が必要になる。ロンよりも体格的に劣っているのなら、難しい」

「その論理だと、わたしたち全員、無理じゃない？」

チァンファが勝ち誇ったように云った。

「ホンファ嬢は、さらなる不合理が生じる。左手の指を切断したばかりだから、ほぼ左手が使えない状態。片手で犯行は不可能なのですよ。それゆえに――」

全員の視線が、包帯の巻かれたホンファの左手に集まった。

「――ホンファ嬢は犯人ではないと、証明がなされるのです」

16　聖痕

「ロンは誰に殺害されたのか？　ホンファ嬢が犯人でないのなら、他の娘たちのいずれかが犯人なのか？　しかし、ロンを溺死《できし》させるだけの体力と腕力という条件を満たす人物は存在しない――」

　チェンを、皆が食い入るように見た。

「――ここで、バイ殺害の件について考えてみましょう」

「ロン殺害の犯人を指摘しないの？」

　ペニンシュラが気色ばんだ顔をした。チェンは、

「我々の仕事は、ロンとバイを殺害した犯人をつきとめること。決して、片方だけでは完全ではないのです」

「思わせぶりね？」

「完璧《かんぺき》な仕事をするために、条件に合致する答えを出すには、すべての材料を検討する必要がある。バイの殺害についての検討が終われば、ロンの殺害についても、はっきりすることになるでしょうな」

「では、拝聴しましょう」

ペニンシュラが引き下がると、チェンは話をつづけた。

「バイが殺害されたときの状況は、『城』の中にいた人物の所在があいまいで、合理的な不在証明によって、犯人かそうでないかを確定させることはできません。まず、ガラスが割れる音で、駆け付けたのはシャクティ嬢とフーさんだった」

「そうよ」

わたしは答えた。「ガラスが割れる音がした」

「あたしはすぐ駆け付けた。あまり時間はなかったはずだよ」

シャクティが補足して、チェンはうなずいた。

「バイの死因は刺殺だ。何者かに、刃物で刺されて斃れた。殺害現場は『城』の中庭とも呼べる場所で、吹き抜けの広い空間に天井はガラス張りになっている。見通しが良くて、誰かに目撃される危険も多かった。大胆な犯行だと云えるでしょう」

チェンはホンファのほうへゆっくりと歩み寄り、

「……そう、大胆な犯行だ。殺人は隠密《おんみつ》に行うのが、犯人の心理としては正しいのに、わざわざ天井のガラスを割って、その音で二人を呼び寄せている。あなたも現場に駆け付けたのでしたね？」

そう質問した。うつむいていたホンファが顔を上げた。

「はい。いえ——」

「まだ自分がやったと主張されるつもりか？」

「わたしは」

「悪魔、と、現場に駆け付けたとき口走ったそうですね？」

「憶《おぼ》えていません」

「いったいどういう意味なのでしょう？」

「わかりません……」

ホンファは頑《かたくな》な態度になっていた。チェンは嘆息して、

「バイの殺害に関して、犯人は色々と考えをめぐらしたにちがいない。それもそのはず。皆が警戒していた。下手に尻尾《しっぽ》をつかませるような真似をしたら、自分のほうが危うくなる。だから、殺害現場は慎重に選定されたと考えるべきですな」

「あんな見通しの良い場所が？」

シャクティが疑問を口にした。

「そう。見通しの良い、吹き抜けの空間にバイを呼び出した。天井にはガラスがはめ込まれていて、犯行に都合が良かったからだ。そこで、バイは犯人に刺されて斃れた。バイの死を確認した後、犯人は吹き抜けになった二階廊下か、清掃などで使用されるキャットウォークに移動して、天井のガラスを割った——これは何か重くて硬いものを調達して、叩《たた》きつけるなり投げるなりすればいい。現場状況からして、庭に転がっていた石

でも使ったのでしょう——それから凶器として使用した刃物を投げて、天井の穴から捨てた」

「凶器を？」

「そう。それが合理的です。『城』の周囲はゴミだらけだ。九龍城は清掃が行き届かず、あらゆるものが雑多に捨てられる。下手に隠すより、そのあたりに放り捨てるほうがよほどうまく隠蔽《いんぺい》できるのですよ」

「そのために天井のガラスは割られたのか」

シャクティは得心した様子だったけれど、チェンはそうではないと首を振り、

「それは副次的な要因です。天井のガラスを破ったのは別の意図がある。凶器を隠匿《いんとく》するために使用されたのはついでですな。たとえ凶器の隠匿に別の方法を使用するとしても、天井のガラスは割られていた」

「いったいどんな理由で？」

「あなたも検討したはずだ。天井のガラスを割れば、ガラス片が降ってくる。犯人が欲した現象とはそれだ。ガラス片が降り注げば、直下に斃れているバイの死体にガラス片が突き刺さる」

「死体を傷つけることに何の意味があるんだ？」

「わかりませんか？　犯人が何を隠匿したかったのか」

「ガラス片が死体に刺さって、隠匿できるもの？」

シャクティはお手上げだというふうに肩をすくめた。「わからない」

「傷、です」

「傷って――」

シャクティが身を乗り出した。わたしも息を呑む。

「死体につけられた傷。犯人はそれを隠すために、天井のガラスを割る必要性があった。見通しの良い、一見すると殺人に向かない場所での犯行はこうして説明される」

「バイの死因は心臓への一撃だ。それを隠すために？」

「ちがいますな。あなたはまだ勘違いしてる。これは死因を誤魔化すための工作ではない。死体につけられた余分の傷を隠すためなのです」

「余分の傷ってなんだ？　バイの死体に、死因とは別の傷があったってこと？」

「そのとおり。ガラス片によって無数の刺し傷が出来上がることにより、それらは隠された。もちろん、科学捜査が行われれば、刺し傷の違いはわかるでしょう。ただし、そうした手法はこの犯罪には適用されない。それは犯人も理解していた。だから、こうした工作が有効に働いたのです」

「なんだって、そんな余分の傷が生じたんだ？」

「なぜでしょうな」

チェンがわずかの間、天井を見上げた。

「悪魔だと、そう云わせてしまう何かがあったのでしょう」

そうしてチェンは、彼よりずっと年若い娘の傷ついた手を見つめ、

「まったく、この世界は皮肉に満ちている」

不可思議な光を宿した瞳《ひとみ》を、すべての者が見つめている。

「犯人はガラス片を使った偽装工作によって、自らの罪状をあきらかにしてしまった。

それをする必要に迫られた者、そうする動機のあった者が、犯人に他ならない。

同時に、ロン殺害についても結論が出ることになる。

なぜなら、二つの殺人は同一の犯人によって為された。

ロンの殺害では、『城』の中にいた妹仔の娘たちに実行可能な人物はいない。それなら、もう答えは決まっている。

一人の娘に不可能なら、二人でやればいい。二人で不可能なら、三人でやればいい」

その宣告に、悲鳴が上がった。

「犯人は、妹仔の娘たち全員だ」

17 冷血

悲鳴を上げたのはチャンファだった。円卓から茶碗《ちゃわん》が落ち、床に落ちて割れる。マーメイはシンを庇《かば》うように抱きしめ、双子は互いに身を寄せ合っていた。共通しているのは蒼白《そうはく》な顔と、恐怖に見開かれた眼だ。

「犯人はホンファよ！」

甲高い声で、チャンファが叫んだ。立ち上がり、怯《おび》える娘たちとともに、強くもう一度主張した。「ホンファが殺したのよ！」

「それはありえない」

チェンは、はっきりと否定した。

「証明は為されているのです。ロンは、浴槽のお湯で溺死させられていた。それを実行するのに、もっとも不適格な人間がホンファ嬢です。体格的にロンに見劣りしているというだけでなく、指を一本切断していて、左手が使えない状態だった。指一本を失う。云うのは簡単ですが、大変な苦痛です。神経と骨を切断したうえで、止血も素人《しろうと》療法。熱が出るでしょうから、そもそも身体《からだ》が思うように動くかどうかも疑問だ」

チェンは、座ったままホンファを注視していた。彼女の身体はわずかに震えていた。

顔色は悪く、無理をしているのだというのがわかる。

「多少の熱なんて問題にならないでしょう。油断してるところを襲えば、人を抑え込むことだってできるはず」

チァンファは死に物狂いで抗弁した。

「無理ですな。バイの殺人を考慮しても、それはあきらかだ。バイは、刺殺されていた。細腕の女が、片手で刃物を持ったところで、致命傷を与えるのは難しい。人を殺そうとしたら、こうして両手でしっかりと凶器を持たないといけない」

チェンは、近くにあった細首の花瓶を両手でもって見せた。

「どうですかな？」

チェンが手渡した花瓶を、震える手で受け取ったホンファは、それを取り落とした。花瓶は床で砕けた。

「無事な右手のほうも力が失われている。だいぶ体力を消耗しているご様子だ」

「演技よ。弱ってるふりだわ」

「彼女だけは犯人ではありえない。共犯関係ですらないのです」

チェンは迫るチァンファを押しとどめた。

「……ひとつ、お聞きしたいことがあります」

ホンファは傷ついた左手を見つめている。彼女の震える左手に巻かれた包帯が、みるみる赤く血に染まっていく。

「あなたは、この子たちを、残酷なマフィアに渡すつもりですか？　不遇に耐え、それでも生きようとする人を地獄に追い落とすのですか？　辱《はずかし》められ、内臓を抜かれ、見せしめに死体をさらされてもいいと云うのですか？」

「答えはあなた自身がご存じのはずだ」

チェンはそう答え、

「――あなたが守りたかった人の良心、庇護《ひご》されるべき弱者のありようは、ここにはない。殺人についての考証をはっきりさせたのは、それをわかっていただくためでもある」

その顔に顕れたのは怒りだった。

「あんたになにがわかるの？」

チァンファがひきつった声で叫んだ。

「売られる娘の気持ちが、あんたみたいに恵まれた人間にわかるの？　あんたみたいな大人は、妹仔は必要悪だって云うんでしょう？　妹仔という制度が維持されれば、貧しい家から遺棄されたり、殺される嬰児《えいじ》の数が減るって。口減らしが横行し、人の命が小銭で取引される現実で生きるのが、どんなことなのかわかっていないのよ」

「それが一人の娘の命を差し出して、自分たちの罪を贖《あがな》おうとした動機ですかな？」

「わたしたちに先にひどい真似をしようとしたのは、『城』の側だ」

マーメイが険しい表情で、「わたしたちは人間扱いされてなかった。まるで、物のような立場だ。いくら繕ったって、奴隷ってそういうものだ――」

「結構ですな」

チェンは表情を消して、

「ならば、なぜホンファ嬢を仲間に引き入れなかった？　六人で犯行に挑めばよかったのに、なぜ一人だけ除《の》け者にして、罪をすべて被《かぶ》せるような真似をしたのです？　不在証明も、口裏合わせも、五人より六人のほうが都合がいいはずだ」

「それは――左手を怪我《けが》してたから」

「嘘《うそ》ですな。それは、ロン殺害の考証時にも検討された。ホンファ嬢が昨日に左手の指を切断したことは、事件後まで誰も知らなかった。切断が行われたのが今日だと誤認したからこそ、あなたたちはホンファ嬢が自分がやったと主張しても、それが成立するものだと思い込んでしまったのだ」

「ホンファは優しすぎるもの。人を殺そうなんて提案、できるわけない」

シンが、マーメイの腕の中で訴えた。

「では、そこのお二人の間には、日頃からそうしたやり取りがあったわけですかな？」

チェンの質問に、マーメイとシンは視線をそらす。浴室へ呼ばれたとき、二人が一緒だった事実を隠そうとしたのは、剣呑《けんのん》なやり取りがあったことを知られたくなかったからだろうか。

「それに、理由はそんなことじゃありませんな。ホンファ嬢に話さなかったのは、彼女がロンに高く評価されたからだ。あなたたちの間ではゆるされざることだ」

「ホンファが悪いんだ」

「悪いのはホンファだよ」

双子が代わる代わるに云ったが、チェンは相手にしなかった。

「入浴時の順番で、それがわかる。あなたはこう証言していますな？

『ロンは、お気に入りの子から呼ぶのよ。わたしはね、いつも最初か、二番目なのよ』

このことから、娘たちの間には序列が存在しているのだとわかる。

ロンのお気に入りの順番だ。

チァンファ、マーメイ、シン、リンユーとリンリーの双子、最後がホンファ。

新入りだったホンファ嬢は、序列の一番下だった。序列の高さは、そのまま富豪へ売り渡す妹仔の選定に関わってくる。人生を左右するもので、その変更は絶対に受け入れられるものではなかった――」

チェンは遠くを見つめ、

「――飢えと貧しさを知る者は、それを極端に恐れる。人が小銭で人を殺す理由。わたしにも貧しい時代があった。気持ちが理解できないわけでもない。しかし、自分の手を汚すことと、他人を汚《けが》して省みないこととは、決定的に違う」

　チェンは視線を娘たちへ戻した。

「話していただきましょうか。もう欺《あざむ》いても無駄だとわかったでしょう」

　娘たちはうつむき、チァンファが重い口を開いた。

「……浴室から出てきたホンファは、様子がおかしかった。顔色が悪くって、なにかあったんだって思ったわ――そのときは、手の包帯に気がつかなかった。ホンファが腕を抱くようにしていたから――きっとロンの前で何か失敗をしでかして、不興を買ったんだろうって皆で話した。それで、不手際《ふてぎわ》があったのなら、逆にチャンスだから、ロンのお手伝いをして点数稼ぎをしようって思った。浴室へ行って――」

　チァンファが両手で自分の肩を抱いて震えた。

「――そこで、ロンに呼びかけた。何かお手伝いをしましょうかって。そうしたら、ひどく鬱陶《うっとう》しそうに、『もう、ご機嫌取りの繕った態度は飽き飽きだ。今度から、ホンファにだけ来てもらう』って」

「それで、皆で殺す算段を？」

「仕方ないじゃない。ロンの評価が下がって、たいして裕福でもない家に送られたら、一生、そこで小間使いとして暮らすはめになる。エリート華人の家とは雲泥《うんでい》の差よ。それも、まだましなほうかもしれない。娼館に払い下げられたらと思うと、ぞっとする……」

「五人で共謀した。新入りで、序列を壊したホンファ嬢を、犯人に仕立て上げることにした」

「ロンに直《じか》談判するためにもう一度浴室へ行って、云い争いになった。シンが殴られて、わたしたちは自分たちを守るために、ロンを抑え込んだ」

「浴室のお湯に浸けて殺した」

「だいぶ、暴れたわ。わたしたち、必死で……」

その時の情景を振り払うように、チャンファは頭を振った。

「お湯には、蘇《す》芳《おう》の花が浮いていたのですね？」

チェンの一言に、妹仔の娘たちははっとした。

「どうしてそれを？」

「ロンの死体から、わずかに花蘇芳の匂《にお》いがした。ホンファ嬢を帰した後、お湯に浮かべて香りを楽しんでいたのでしょう。あなたたちは、暴れるロンを抑えつけて、お湯をはね散らかした。浴槽に入った娘もいたでしょうな」

「ええ……」

「だから、犯行後にお湯を抜くしかなかった。入浴前、お湯が浴槽に満たされていたとき、花は浴槽に入っていなかった。これは小間使いの婆《ばあ》やの証言からもあきらかです。そうして、最後に浴室へ入ったはずのホンファ嬢には、花蘇芳の香りがついていなかった。浴槽へ花蘇芳が投入されたのは、ホンファ嬢が浴室を出た後だ。それなのに、自分たちには花蘇芳の香りがついてしまっている。もう一度浴室へ戻ったことを知られるわけにはいかなかった」

チェンの説明で、彼がホンファの匂いを嗅《か》いだ理由がよくわかった。

「バイは、鋭いからすぐ花蘇芳の香りに気がついたわ」

「身体を洗う時間もなかったわけですか」

「来客があって、人が来るのはわかっていた。すぐにでも部屋へ戻る必要があった。だから、浴槽の栓を抜いて、お湯を抜くくらいしかできることはなかった」

来客の報があって、ロンがバイに浴室へ通すように命じたすぐ後で、チャンファたちは浴室へ戻ってきたのだろう。それでロンが殺された後、わたしは何も知らずに浴室へと踏み込んだわけだ。

チェンはさらに続けた。

「それで、花蘇芳の香りについて怪しんだバイも消してしまうことにしたわけですか」

「バイのときはもっと辛辣《しんらつ》よ」

チャンファが自嘲《じちょう》気味に嗤《わら》った。

「全員で刺したのですな」

「あの女も、ロンと同じ穴の狢《むじな》よ。いえ、ロンよりも冷血でたちが悪かった。日頃から、あの女は、わたしたちをゴミクズみたいに扱っていた。こっちの足元を見て、良家に入りたかったら自分に尽くせって、やりたい放題だった」

「バイを中庭に呼び出した」

「そうするしかなかった。自分たちを守るためにはね。罪はロンの時と同様に、ホンファが被ってくれる。あの女を刺したとき、胸がすっとするような気持になった。日頃から虐《しいた》げられてたから、無理もないわ」

「致命傷を与えるだけではなく、さらに何度も刺したのですな」

「皆、うっぷんが溜《た》まっていた。今日、バイに咎《とが》められてシンが殴られた。マーメイがもう限界だって云った。ロンが死んで、次のロンがバイになったら、もっとひどい日々になるわ。良家に出されて、逃げられればいいけど、そんな簡単にいくわけない。それなら、いっそ殺してしまって、ロンを別の人にしてもらったほうがいい。躊躇《ちゅうちょ》なんてなかった。全員で凶器を回して、刺した。不思議よね、一体感があって、誰も疑問に思わなかった。楽しかったくらいよ」

「天井のガラスを割り、死体にガラス片が降りかかることで、複数の傷は隠された」

「そうしようって云ったのはシンだった。意外でしょう？　わたしたち、一人一人が自覚してた。犯人だってわかったら、コミュニティに殺されるって」

「わかっているなら、他の手段もあったのではありませんか？」

「そんなものありはしないわ。ねえ、わかったでしょう？　わたしたち、正当防衛みたいなもの。仕方なかったのよ」

「仕方ない？」

　チェンは語気を強め、

「ホンファ嬢はあなたたちを守ろうとした。

　自分が罪をかぶることで、他の娘が助かるならばと、甘んじて濡《ぬ》れ衣《ぎぬ》を着た。

　彼女が名乗り出たのを見たあなたたちの顔に、自己犠牲に対する崇敬は微塵《みじん》もなかった。

　誰一人として、それを自分たちの責任だと思い至れる人間はいなかった」

　そうして突き放す。

「犠牲を快楽にしたとき、あなたたちは冷血の悪魔になった」

18　魂の在処《ありか》

　破れたガラス天井、射《さ》しこむ月明かり、青々と光る破片が床を星空のように飾っている。その青いきらめきの中に立って、ホンファはうなだれていた。

　あの後、チェンとペニンシュラは何事か相談を交わし、妹仔の娘たちはいずこかへ連れ去られた。

　もう『城』を去らなければならない。シャクティが扉のところで待っている。ホンファの姿が見えなくなったので、こうして呼びに来たけれど、その姿を見たとき、わたしはなかなかかける言葉が見つからなかった。

「ホンファ、もう行かないと」

　わたしは、遠慮がちに声をかけた。

「……行く？　どこへ行くのです」

「帰るのよ。シェリーに聖母院への支援のこと、今度はしっかりと約束してもらう。あなたをこんな場所に居させやしない」

「シャクティと同じことを云いますね」

「あなたの覚悟を知って、放っておけないもの」

「覚悟？」

　血に染まった左手を胸元に抱き、空を見上げた。

「何かがおかしい」

　月の色を宿した瞳が、こちらを見た。

「そう感じてはいませんか？　何かがおかしい。そう――」

　心の奥底から何かがわきあがる。言葉にならない言葉。いや、思い出されてくる。彼女の瞳の色を見ていると、あの日本の夜の出来事が。

「――最初からすべてがおかしいと、あなたは疑った」

「ホンファ？」

「フー、わたしは罰を受けるべきだと思います」

「罰？　あなたが受けるべき罰なんてないわ」

「いいえ、わたしは罰を受ける身です。この肉体を粉々に砕ききって、最後の瞬間まで苦しみぬいて死ぬべきだった……」

「だから、あんなにしてまで、わたしを庇ってくれたの？　他の妹仔を庇おうとしたの？」

「庇ったわけじゃありません。わたしはあなたが思うような人間じゃないんです。自己犠牲も献身も、この胸の奥でくすぶり続ける罪悪感を誤魔化すため」

「理由があるのね」

「はい――」

彼女は、青くきらめく、小さなガラス片を拾って、手の中で弄《もてあそ》んだ。

「――わたしは人殺しなんです」

「ホンファ」

「一年前のことです」


「その子は、貧民街でも劣悪な区域の出身でした。売春とアヘンとで体をぼろぼろにして、聖母院へ流れ着いたときには、もう手の施しようもないほど弱っていました。

わたしは、その子の看病をしました。苦しむその子の手を取り、神のご加護を説いて、励ました。何日も何日も、彼女は祈りと苦しみの中で過ごしました。

聖母院は困窮し、支援をする者は少なくなっていました。誰もが、厄介ものばかりが流れ込む吹き溜まりだと云って、唾棄《だき》しました。

頼れるものはありませんでした。親友のシャクティはフォンジェンの関係者ですから、下手に相談すれば、きっとコミュニティの耳に入って、彼女の立場を悪くする。直系のフーと違って、シャクティは上海から来た新参者にすぎませんから。

看病の合間に働きましたが、他にも手助けが必要な人がいて、状況は悪くなるばかり。わたし自身も、その日の食事に困るほどでした。貧民街で年少の娘がまともな職を得るのは容易ではありません。街へ出て、わたしは支援を訴えました。誰も耳を貸してはくれませんでしたが、一人の紳士が足を止め、少額の紙幣を地面に投げました。

地面に落ちた紙幣を拾って、わたしは聖母院へ帰りました。紳士の行いは善性によるものではなく、憐憫《れんびん》だと理解していました。あの嘲《あざけ》るような眼差《まなざ》しと、地面に落ちた紙幣を拾うわたしを見る、愉悦に満ちた表情で確信しました。

わたしは粥《かゆ》をつくって、病の子に食べさせました。

あのときの、あの子の笑顔は忘れられません。

本当に、天使のようでした。

そうして彼女は亡《な》くなり、わたしはひとりで彼女を埋葬しました。墓穴を掘りながら、わたしは、彼女の名前すら知らないことに気がつきました。看病に必死で、彼女が亡くなってからはじめて気がついたんです。

そこで疑問を抱きました。

わたしの行いは正しかったのか、と。

教義と信仰とは、彼女にとって苦痛でしかなかったでしょう。祈りは無意味で、その苦しみを助長するだけだった。

彼女が笑ったのを見たのは、あの一杯の粥を口にした時だけです。

高邁《こうまい》な信仰や理性的な祈りは、冷血漢の投げた少額の紙幣に敗北しました。

現実に人を救うのは、神ではありません。

お金です。

それはわたしにとって衝撃でした」

「ホンファ、あなたは自分を追い詰めすぎているように思う」

わたしは言葉を選んだ。「そんなふうに考える必要ない」

「極端な考えになっているってわかっています。

それでも、わたしは忘れることができないんです。

フー、あなたに聞いて欲しいことがあります。

あなたにとって、わたしは友人になり得ているでしょうか？」

こちらをうかがう顔には不安があった。わたしは迷いなく、

「もちろん」

そう答えた。彼女はとても寂しそうに笑って、

「ロンを殺したのはわたしです」

「妹仔の娘たちが浴室へ行ったのはわかっていました。わたしは自室へ戻っていましたが、隣室のチャンファがなかなか戻ってこないようなので、気になっていました。しばらくして、チャンファが戻ってきたのが物音でわかりました。

浴室で何かあったのだと思いました。いつも騒がしい双子たちの声も聞かれず、内部が静まり返っていて、異様な感じがしたのです。それで、確かめに行くことにしました。

もちろん、この時点で何か確信を抱いていたわけではありません。ただ、妹仔の娘たちは将来の展望に不安を抱いていましたし、バイに虐げられて不満を溜《た》めていました。それがいつ暴発してもおかしくはなかった。

浴室へ戻って、疑惑が確信になりました。

浴槽からお湯が消え、ロンが縁に寄りかかるようにして倒れていました。

わたしは瞬時に状況を理解しました。そうして、どうするべきか考えた。

そこで、かすかな音を聞いたのです。

信じられないことに、水を吐いて、ロンが蘇生《そせい》していました。

死にかけではありましたが、すぐ手を尽くせば助かったでしょう。

わたしは脱衣所に戻ると、濡れ布巾《ふきん》をとってきて、ロンの口と鼻を塞《ふさ》ぎました。

かすかな呼吸が止まるまで、そうし続けました」

「どうして……」

「最初からそのつもりだったからです。

わたしが『城』へ来たのは、妹仔として良家へ行くためでも、娼婦《しょうふ》として身を堕《お》とすためでもありません。ロンを殺すためです」

「ロンを殺すために『城』へ？　なぜそんなことを」

「それは――」

ホンファが何か云いかけたところで、入り口の方からシャクティがやってくるのが見えた。彼女は口をつぐんだ。

「ホンファ、フー、そろそろ行こう――」

シャクティは、はっと表情を強張《こわば》らせると、猛然とホンファとわたしに突進してきた。

彼女に押し倒される格好で、わたしとホンファは床に転がった。

その瞬間、銃弾がついさっきまでわたしたちの立っていたところをかすめた。

「窓だ」

シャクティが起き上がりざまに叫ぶ。

窓のひとつが割れて、鉄格子《てつごうし》の隙間《すきま》から黒い銃口がのぞいていた。その射線を見極めて、シャクティが動く。銃口はホンファに向けられていた。

わたしは凍りついたように動けなかった。

シャクティがホンファを庇おうと、再び体を投げ出した。

銃弾がシャクティの肩をかすめた。

ホンファがシャクティを押しのけ、両手を広げて前に立った。

その時の顔を、わたしは一生忘れない。

強い、強い眼差しで、

「もう、やめて」

銃声が響く。

弾丸はホンファの胸に吸い込まれた。

わたしの顔に、赤く、温かな飛沫《ひまつ》がかかる。

シャクティが叫んで、声にならないくらい叫んで、叫んで、叫んで、叫んで、くず折れる彼女の身体を抱きしめた。

窓の外の人物は、銃を収めて退いた。

「待ってろ、すぐに病院へ連れて行くから」

ホンファの胸からあふれる血を手で押さえ、シャクティは云った。

「待って、シャクティ」

彼女はシャクティの手を握り、そうして、

「フー、お願い。こちらへ来て、お願い」

かすれるような声。

わたしは言《は》いずってホンファのところへ行った。

そうして、弱々しく差し出された手を握った。彼女の手の中に、何か四角いものがある。わたしはそれを受け取って手を開いた。

『白《ハク》』の麻雀牌《マージャンパイ》だった。

「ホンファ？」

「謝らないと……ごめんね、フー」

彼女は中庭の中央にある龍《りゅう》の像を指し示した。それから震える手で、胸元から赤い小さなピアスを取り出した。あのウォンタムホウの屋台で買って二人で分けた品だ。ポンポンのついた金具が弾《はじ》けて、ばらばらに砕けていた。

優しい笑みを浮かべて、

「わたしの大切な友達。だから、だから、嘘、つきたくなかった」

「いいの。そんなこといいの」

「ようやく、楽になれる……」

彼女の顔は穏やかだ。

「……シャクティ、そこにいるの？」

「ホンファ、話してはダメだ」

泣いて訴える。

「罪深い社会の在り方を壊したい」

ホンファは光のない瞳で空を見上げ、

「シャクティ、あなたの信じるように戦って。わたし、だから、できることをした。すべて、そのため……」

「くだらないだろ。死ぬなんて、莫迦《ばか》みたいだ」

「ええ、本当にそうね」

最後の力を振り絞るように、三人で手を取り合った。

「でも、友達がいてくれて良かった――」

かたく、手を握る。

「――ありがとう」

ホンファの唇から血の一滴が零《こぼ》れ落ち、命のきらめきのように弾けた。

19 秘密

涙が止まらなかった。

心が砕け散る音を、確かに聞いた。

優しくて、他人のために尽くした、ぼろぼろの手を握って、その体温が徐々に冷めていく現実に震えた。

シャクティは地面に拳《こぶし》を叩きつける。何度も、何度も、自分に対する罰のように。

時はゆっくりと緩慢で、残酷にわたしたちを二人きりにした。

ほんのりとピアスが温かい。

ホンファとの思い出の品——

——いや、残してくれたものは他にもある。

わたしは立ち上がった。

「シャクティ、行こう」

「どこへ？」

涙でぐちゃぐちゃの顔で、シャクティは聞いた。

「ホンファが、教えてくれた」

わたしは、『發《ハッ》』の牌と、ホンファに手渡された『白』の牌を見せた。はっとしたシャクティが、ポケットから『中』の牌を取り出す。三つの牌は、ひとそろいのセットだ。

「ホンファはあの像を指していた。何かあるんだよ」

「まさか……」

シャクティは気づきかけている。わたしはうなずいて、

「わたしたち、知らなくちゃいけない。ホンファのためにも」

「わかった」

シャクティはうなずいた。

そのとき、ちょうどチェンが駆けつけてきた。倒れたホンファの脈を確認する。

「ここはお任せを」

「ホンファを頼む」

シャクティは名残惜しそうにホンファの顔を見つめ、それから意志の力を総動員するように、辛《つら》そうに離れた。

「すぐにもどってくるよ」

友人へ声をかける。

わたしとシャクティは、中庭の中央へ向かった。

「いったい、何があるんだ？」

シャクティと一緒に、龍の像を調べる。それほど苦労する必要はなかった。龍の像の背面に、ドアハンドルのようなものが見つかった。わたしがうなずくと、シャクティは心得たというようにそのハンドルを回した。

地響きのような音を立てて、龍の像の前の床が割れて、下へと続く階段があらわれた。

「これって……」

「行ってみよう」

わたしは、先に階段を降り始める。シャクティが続いて、

「暗いね、だいぶ」

ポケットから、ジッポライターを取り出して点《つ》けた。

「シャクティ、煙草《たばこ》吸わないのに、なんでそんなもの持ってるの？」

「櫛《くし》を炙《あぶ》って、睫毛《まつげ》を整えるんだ」

鼻を啜《すす》ってそんなことを云う。今の彼女の目元は、アイラインもシャドーもぐちゃぐちゃで、ひどい状態。きっとわたしも同じだろう。

小さな灯りで、視界はなんとか確保された。

機械的な仕掛けがあった割には、階段は古いもので、壁も苔《こけ》むしてだいぶ時代を感じさせた。少なくとも、近年に整えられたものではなさそうだ。

「ここは、九龍の中でも古い場所だって、バイが云ってたね。きっと、昔の城塞《じょうさい》なんじ

やないかな」

「見て、先に何かある」

階段はそれほど長くは続かなかった。

そこに広がるものを見て、わたしたちはしばらく言葉を失った。

「なに、これ」

天井から、巨大な龍の像が逆さづりになっている。咆哮《ほうこう》を上げる龍は、まるで地に墜《お》ちようとしているように見えた。

いくつか外光だと思われる光が射しているが光量は足りておらず、時代を感じさせる家々の形を影のように黒く塗りこめていた。崩れた切石仕上げの城壁や、身の丈ほどもある大砲の残骸《ざんがい》、確かにここは古い九龍城の名残のようだ。

地下の暗黒街。

街は生命力を感じさせないが、それでも灯りがあって、そこが無人の廃墟《はいきょ》ではないことを教えてくれる。それほど大きくないとは云っても、九龍の地下にこんな場所があるというのは驚きだ。

「なるほど」

得心した様子で、シャクティが先に歩き出した。わたしは後を追って、

「いったいこれは何なの？」

「確かめてみればわかるよ」

そう云って歩みを進める。

わたしたちは地下街へ入った。広大な空間ではない。数軒の家々が連なり、中央付近に寺院のような建物が見て取れるだけだ。といっても、なにせ暗いので、全体像は定かではない。

家はどれも古く、崩れかけのように見えた。そのうちのひとつから、ぼろぼろの衣服をまとった女性が顔を出した。驚くでもなく、こちらをぼんやりと見ている。

シャクティが広東《カントン》語で何か話しかけた。

女性は、ぼそぼそと応《こた》える。

「やっぱりね」

シャクティは答えを得たようで、

「ここはね、妹仔たちの街なんだ」

「妹仔の街？」

わたしは周囲を見回した。声を聞きつけたように、何人か人影が出てきて、わたしたちを遠巻きに見ている。年はさまざまだが、いずれも女性ばかりだ。

「『城』の上部で教育を受けるのは、エリート層向けの妹仔だ。他の娘は、この地下街で買い手が現れるまで暮らす決まりなんだ」

「そんな、ひどいよ」

　とても待遇が良いとは云えない。上部の『城』で、バイの説明を受けたときも疑問が絶えなかったけれど、こんな光の乏しいところでの暮らしを強いられるなんて、とても人間扱いされているとは思えなかった。

「人身売買なんて、公《おおやけ》にできるようなものじゃないからね。でも、ホンファが見せたかったのは、これだけなのかな――」

　シャクティは、街の中心にある廃墟のような寺院を見すえて、

「――行こう」

　二人で先へと進んだ。

　湿っぽいけれど、ちゃんと風の流れが感じられる。閉鎖空間ではなくて、いくつか入り口はあって、そのうちのひとつが『城』の上部と繋《つな》がっているのだろう。もちろん、そこが出入り自由とは限らないが。

　廃墟のような寺院は、かなり古いつくりだ。半ば崩れかけて傾いている。その奥の闇《やみ》に、『城』の中庭とそっくり同じ龍の像が見えた。

「あれだね」

　シャクティは歩を進める。『城』の上部にあった龍の像とつくりは同じだけれど、台座の部分が異なっていた。そこに、三つ長方形のくぼみがある。まるで、そこに何かを

はめこむように。

「フー、これを」

シャクティは、自分で持っていた『中』の牌を差し出す。わたしは受け取って、手の中の三つの牌を見た。

母の持っていた『發』。

殺害されたロンが咥《くわ》えていた『中』。

ホンファが託してくれた『白』。

謎《なぞ》を解く鍵《かぎ》であり、それによってあらわになるものはいったい何なのだろう。

おぼろげに予感させるものに震えながら、わたしはそれを――

「フー、シャクティ！」

背後からの声に振り返る。

そこにはシェリーが立っていた。

20 堕天

　九龍の地下に秘された街で、わたしとシャクティは仏系香港人の祖母と対峙《たいじ》していた。

「あんたたちを助けに『城』へ来たら、事件は大方終わっていた。姿がないから、探していたら、こんなところへ降りていたとはね」

　シェリーの顔は仮面で覆《おお》われている。その視線も、声にも感情がなく、心の内を読み取ることはできなかった。

「ここは『城』の暗部。九龍城のもっとも古い遺構だ。ごらんよ、あれを」

　シェリーは寺院の上部、地下空間の天井を指し示した。

「あそこに崩落した痕跡《こんせき》があるだろう？　この寺院はね、昔は九龍城内にある建物だった。それが工場用水を確保するために、無理に井戸から水を吸い上げたせいで、地盤沈下が起きて、地中に没した。その上にまた無理をして街をつくり、地下部分も掘り起こして、こうして再利用しているんだ。使えるものは、とことんまで使い尽くすというたくましい精神だけれど、そのおかげで古い時代の建物が残った。こんなもの、とっとと消えてしまえばよかったのに……」

「ホンファが――」

わたしがそう云うと、シェリーはどこか憂鬱そうに黙った。感情を押し殺しているシャクティと、シェリーと、わたしの間に、奇妙な沈黙が訪れた。

「——香港のコミュニティは気にしないだろう」

ようやく沈黙を破って、シェリーはそう続けた。「ロンとバイを殺した犯人は捕まっているんだからね」

「云うことはそれだけか？」

シャクティが激して、一歩前へ踏み込んだ。わたしは彼女の手を握って、

「待って、シャクティ」

「けどさ」

「お願い」

わたしは歯を食いしばった。声が震えるのは仕方なかった。暴れたい、暴れて、叫んで、何もかもめちゃくちゃにしたいと、そう切実に心が叫んでいるけれど、今はできない。これが真実へと至る、ゆいいつの機会だ。

「チェンが、警察で妹仔の子たちを保護した」

シェリーは相変わらず感情を読みにくい声で、

「あの男も甘いもんだよ。香港コミュニティを説得してまわったらしい。犯人が捕まって処罰されることで、面子《メンツ》は保たれるってね。まあ、あの娘っ子たちがどうなるか定か

じゃないが、少なくとも凄惨《せいさん》な目には遭わずに済むだろう」

「香港コミュニティは、ホンファに無関心なのね」

「関係が無い」

「それが事件の真相に関わる人であっても？」

「何が云いたいんだい？」

シェリーははじめて声を荒げた。

「彼女はわたしに話してくれた。ロンを殺したのは自分だって」

「それが本当のことか、今となっては確かめるすべはないね」

「ホンファが嘘をついたと？」

「その可能性もあるってことだよ」

「わたし、ホンファに指摘されるまで、あまり考えないようにしていた。それはずっとあって、いつも頭のどこかで気になっていた」

「何のことだい？」

「違和感。最初からすべてがおかしかったのかもしれない。そんなふうに解釈すると、すべて納得できるの」

「何がおかしいって？」

「六本指よ」

わたしとシェリーの視線が激しくぶつかった。

「フー、何が云いたい？」

「ロン殺しをホンファに依頼したのは、あなたね？」


「どうしてそう考える？」

「ホンファは聖母院への支援を求めていた。あなたはそれを相手にしなかった。香港コミュニティとの関係性を重視して、支援を控えるという判断をした」

「前にも云ったと思うけど、わたしたちは立場を悪くするわけにはいかないんだよ」

「でも、あなたは支援を決めた。違う？」

「……あの娘が、命を賭《と》して望んだんだ。せめてもの――」

「ロンを殺せば、聖母院を支援する。そういう条件をつけたんでしょう？」

「フー」

シェリーは嘆息する。

シャクティが、ぎりっと奥歯を噛《か》みしめた。まだだよ、もう少しだけ待って。

「やっぱり関わらせるべきじゃなかった」

「どうしてロンの命を狙《ねら》ったの？」

「そんなこと知ってどうするつもりだい？」

「すべてをあきらかにしたいの。ただ、それだけ」

わたしの視線を受けて、シェリーは少し考え、

「昔ね、お前が生まれる前の話だ。上海でフォンジェンは人身売買組織と対立した。運営は黒社会の中でもかなり異端の組織だったが、とにかくやり口があくどくてね。支援者も交えて、血を流すほどの抗争に発展した。

政府も、警察も、頼りにならなかった。そういうところは賄賂《わいろ》で飼いならされてた。売られるような子供や娘たちを守るために、正しくあろうとするために、わたしたちが手を汚すしかなかった。血で血を洗い、組織は壊滅させた。シャクティの両親とは親友だったけれど、彼女たちも失った。

多くの犠牲を払った。それでもわたしたちは称賛されることはなかった。

わたしたちは、過激な暴力で、秩序を乱す連中だとレッテルを貼《は》られた。妹仔という制度を守ろうとする守旧的な意識と、賄賂を払ってくれる組織を失ったことへの怒りが、社会的制裁となって顕れた。

わたしは失意のうちに、香港へ逃げ帰った。

そうやって上海で、学んだんだよ」

「何を？」

「『勝機のない方法で、挑むべきではない』ってこと。わたしたちは女性解放運動を祖としている。あらゆる社会運動や、マイノリティの思想がいつも敗北するのは、勝機の無い戦いを挑むからに他ならないんだ」

「正しいか、正しくないかが問題だと思う」

「そうじゃないね。より多くの支持者を得られなければ、どんなに崇高でも高邁でも、正しかろうが、正しくなかろうが、敗北する」

「数の問題なの？」

「合意形成という社会秩序だよ。『城』はゆるされざる存在だが、これを正すために抗争を仕掛けても、上海の二の舞になるだけだ。『城』を容認する方がマジョリティだから」

「でも、ロンは殺さなければならなかった？」

「『城』は、商売を広げようと画策をはじめていた。外国人に売り込もうと、子供を集め出した。こんなふうに地下街に、娘たちを飼ってね」

地下に没した街を見つめて、

「ロンは暴走を始めたんだ。内々に始末する必要があった」

「それがホンファにロンを殺させた動機？」

「そうだ」

「それが、あなたがホンファを撃った理由？」

「フー」

「最初からすべておかしかった。そんなふうに理解すれば、よくわかる――」

あの紅《あか》い月の夜に抱いた謎が解ける。

「――ねえ、母さん」

21　紅い月

「死んだのは母さんじゃなかった」

　わたしは、あの夜の出来事を鮮明に思い出していた。

「殺されたのは風姫のシェリーだった。あなたは香港からやってきたシェリーを殺害して入れ替わりをやってのけた」

「そんなこと可能だと思う？　母と子が入れ替わるような真似《まね》が？」

「普通なら、難しいでしょうね」

「そうだろう？　年齢的なものは、やはり誤魔化しがきかない。まさか、若作りだからだなんて云わないだろう？」

「ええ。母と子の入れ替わりと考えると、無理筋という結論になる——」

　わたしは香港へやってきたとき、案内された部屋で、シェリーと母の写った、古い写真を見ている。

「——でも、もし、母子ではなかったとしたら？」

「まいったね」

　彼女は顔をしかめる。

「最初から違和感があった。あなたとシェリーの写真は、若作りの母と子というより、まるで姉妹のようにしか見えなかった。ううん、もっと云うなら――」

わたしは声に力を込める。胸の奥の何かに押しつぶされないように。

「――双子に見えた」

「だとしたら、本物の祖母はどうしたんだ？」

「亡くなってるんでしょう。だいぶ昔に」

それは推理ではなくて、推測でしかなかったけれど、彼女の反応からして間違ってはいないようだった。

「でも、あんたは見ているはずだね？　母親が殺されるところを。そして、遺骨までわたしに持ってきてくれた」

「わたしが見たのは、母と同じ容姿の誰かが襲われるところ」

「その時は、母親だと疑わなかったはずだ」

「多少の違和感はあったけれど、わたしは母が殺されたのだと信じた。どうしてそんなふうに判断を誤ったのかは、あきらかでしょう？」

「どういうことだい？」

彼女はとぼけたけれど、わたしは追い詰めるようにして、

「六本指よ」

「それが犯人の特徴？　わたしは、このとおり多指症ではないよ」

「妙な誤魔化しはやめて」

「誤魔化しだなんて――」

「母には六本目の指があった。それは娘のわたしが良く知ってる。だからこそ、シェリーを殺害した後、自分の指を切り落として現場に残した」

「わたしは――」

「確かにあなたの指は五本よね。でも――」

　わたしは視線を落として、

「――足の指はどうかしら？」

「あの夜、あなたは呼び出したシェリーを殺害して、右足の一部をえぐった。そうして、自分の足指の六本目を切断して現場に残した。犯人が殺害の過程か、猟奇的な目的によって被害者の指を切断したのだと思わせた。

　実際、身体的特徴で見分けをつけるのが困難な双子がいて、ゆいいつそれを可能にするのが足指の数なのだとしたら、その特徴を利用すれば入れ替わりを実行するのも可能。少なくとも、遺族であるわたしには、遺体が焼けていたこともあって、母にしか見えなかった。足の傷は、犯人につけられたものだと信じられた。あなたの足には――」

　わたしは彼女の足を指して、

「――六本目の指を切断した傷があるのではない？」

　今思えば、何もかもが仕組まれていたのだとわかる。足指が見えるから普段は履かないサンダル履きで外へ出たことや、納屋《なや》での口論。すべてわたしという目撃者を仕立て、自分は死んだと思わせるためだ。

「……確かに指を切断した」

　彼女は認めた。

　それは自分の犯した罪も認めることだ。

「どうして？」

「シェリーとは容姿じゃ見分けがつかないくらいそっくりだったけど、入れ替わりにはどうしても足指が邪魔でね」

「自分で切断するなんて……」

「一種の覚悟だった。もう戻らないという覚悟が実行させた。シェリーの足指のあたりをえぐって傷つけ、自分の足指を切断した。そうしてあなたの目を誤魔化してから、通りの近くに用意していた車に乗り込んで、止血をした。入念に準備して、鎮痛剤を使っても辛かったけれどね。納屋が焼けたときに負った火傷《やけど》は、計算外の出来事だったけれど、その後の入れ替わりを考えれば都合が良かった。シェリーの顔にも傷があったからね。火傷自体は、実はたいしたことなかった。痕《あと》が残るかもしれないけど、帽子とサングラスで顔は隠せた。それからシェリーの泊まっていたホテルへ行って、彼女の荷物をまとめてから、すぐに出国した」

「動機はいったい何なの？」

「……云ったでしょう？　あなたが生まれる前、わたしたちは上海の女性解放運動に参画していた。そこで人身売買組織と衝突した。血みどろの抗争と多大な犠牲。シャクティの両親、多くの仲間たち。犠牲を払って、なんとか組織は壊滅させたけど、社会はわたしたちをテロリスト同然に扱った。

　わたしたちは正義であったはずなのに」

　あえぐように、歯を噛みしめて、

「学んだ。学ぶしかなかった。これは教訓なのだと自分に云い聞かせた。日本に逃れて、あなたを育てながら、いつか香港へ帰る機会をうかがっていた。上海での過《あやま》ちを繰り返さない。わたしたちの理想が正しいのだと示したかった。

　それなのに香港に残ってフォンジェンの建て直しをしていたシェリーは、現実主義的な組織運営をはじめた。娼館や人身売買組織に介入して、内部変革をうながすやり方は、わたしにしてみれば手ぬるすぎる。

悪は悪として叩《たた》き潰《つぶ》すべきだ」

「わたしに、黒を白く塗りつぶそうなんて考えていない、現実的に対応すべきだって云ったのは、全部ウソだったの？」

「ウソじゃない。黒を消すために必要なのは、塗り込めることじゃない。削り取って消してしまうことだけなんだ。社会のガンと共存が可能だと思う？　内部変革をうながすやり方は、現実的でもなんでもない。ただ、社会悪を延命させるだけだ。それでもわたしはシェリーに期待していた。これは過程であって結果ではないと」

唇を噛み、

「シェリーは立ち上がらなかった。彼女は意気地なしだった」

「それが、それが――」

わたしは声が詰まった。悲しみで痛む心臓が、さらに激しく鼓動を打つ。

そのわたしを押しのけるように、シャクティが前へ出た。

「ホンファに人殺しをさせて、口封じをした理由がそれか！」

かつて焦《こ》がれるように語った相手に向けて、シャクティは憤激とともに吠《ほ》えた。

22 龍

シャクティが飛び出して、すべてを偽っていた女の胸倉をつかんだ。

「どうしてだ？」

「やめて、まだよ、シャクティ」

わたしは激したシャクティの腕をつかんで止めた。

「こいつは真実を話していない」

「何が真実ではないと云うの？」

「あれだ」

シャクティは、崩れかけた寺院の最奥《さいおう》、龍の像と、わたしの掌《てのひら》にある三つの牌、『發』、『中』、『白』の牌を指し示した。

「それが？」

「これは三元牌だ。あたしは上海の日本租界にいたことがあるから、英語圏や中華圏と、日本の麻雀に少し違いがあるのを知ってる。どんな意味があるのか、知ってるんだ」

シャクティはこぶしを震わせた。

「覚悟があるのなら」

ランレイはどこか悲し気に、

「それを試してみると良いわ。真実を知る助けになると、そう云ってあなたに託しておいたのはそういうことだから」

「これをあの像に？」

わたしの手の中の牌を見た。これが、いったいどんな真実を知らせてくれるというのか。

シャクティはランレイの胸倉をつかんだまま、感情を抑え込もうと必死になっている。わたしだって同じ気持ちだ。それでもなお、ホンファが託してくれたこの牌の意味を、わたしは知るべきだと思った。

乞《こ》うように視線を向けると、シャクティは歯噛みして、それから突き放すようにランレイを解放した。

「確かめよう。それからでも遅くない」

わたしがそう云うと、シャクティがうなずいたので、寺院の奥へと歩を進める。

「順番とか、ある？」

「中華圏や英語圏では、『中』、『發』、『白』なんだけど、これはたぶん、日本式だ。『白』、『發』、『中』の並びだと思う」

シャクティの云うように、わたしは牌を台座のくぼみにはめ込んだ。すると、地鳴りのような音が響きはじめる。上の像と同じく、機械的な仕掛けが施されているようだ。

石床の一角に四角い切れ込みが入り、それが徐々に口を開けていく。短い階段と、そうして朽ちた祭壇のようなものがあらわれた。

「三つの牌は、たぶんドラ、つまり――」

背後からランレイの声が響く。

「――ドラゴン」

「『城』はロンと呼ばれる主《あるじ》が治める。ロンは、代替わりによってその地位が継承される。ロン、つまりはドラゴン」

ランレイは、

「その牌は特別製でね。普通の牌より少し重く感じるでしょう？　特殊な磁石が中に仕込まれている。それがくぼみにはめ込まれると、入り口が開く仕組みなんだ。

祭壇は、フォンジェンの創始者であるシュエメイが、マカオから香港へ帰ってきたときに、身を守るための秘密部屋として作られた。

三つの牌が鍵になっていて、牌は聖獣の骨でつくったとか、シュエメイ自身の骨だなんて逸話もあるけど、まゆつばだね。日本に渡ったときに、わたしがひとつを持っていった。残り二つは、香港に残した。香港へ帰ってから、その二つは回収したんだ」

「後援なんてでたらめだ。『城』の真のロン。主導していたのはあんたで――」

シャクティはこぶしを震わせる。

『城』はフォンジェンが管理してきたものだ。そうしなければ、堕胎や嬰児《えいじ》の遺棄、子供の口減らしが横行する。現実に対応するためのシステムだ。かりそめのロンの暴走で、暗黒市場と化したけど、妹仔は本来そうあるべきだった」

ランレイは口を開けた深淵《しんえん》を指し示して、

「さあ、見てくると良いわ。真実を」

そううながされて、わたしたちは階段を慎重に降りた。シャクティが手に持ったジッポライターで内部を照らす。そこは狭い空間で、弱い光でもなんとか見通すことができた。

「何……あれ……」

「まさか……」

わたしたちは言葉を失った。

祭壇に寄りかかるようにして、人影が横たわっている。

ミイラだ。

閉じた地下室には、ミイラ化した死体があった。

茶色く干からびた肌。何かを訴えるように開いた口腔《こうこう》から、水分を失った舌をのぞかせている。空洞となった眼窩《がんか》に、弱い灯が射《さ》しこんで、異様な光を発していた。服装からして、男性のようだ。身に着けたスーツは、年月を経てぼろぼろになっていて、ところどころに穴が開いている。

胸に短剣が突き立っていて、死因はこれだろう。柄の部分に花蘇芳が意匠化されている。あちこち血で汚れていた。流れ出た血の痕跡は、古く、黒い染《し》みとなって、まだ床に残っている。それを踏みしめたらしい足跡もうかがえた。指の跡まではっきりとわかる。裸足《はだし》なのは、乱闘で履物が脱げたせいだろうか。

六本指の足跡。

「その男の名は、アラガキ・シンタロウ」

冷酷な声が告げる。

「あなたの父親よ」

「そんな……」

探し求めた父は、こんな地下で朽ち果てていた。

しかも、しかもこの痕跡は——

「母さんが父さんを殺した？」

「母ではないわ」

彼女の言葉を理解するのに少し時間がかかった。信じていた何かが脆《もろ》く崩れていく。幼い日の温《ぬく》もり、無償の庇護《ひご》を与えてくれる存在への、確かな信頼に無数のひびが入る。

「何を……何を云ってるの……」

混乱する。頭の中が真っ白になる。

「あなたはわたしの娘ではない。シェリーが産んだ子よ」

「シェリーが子供を産んだ後、この香港でも情勢はキナ臭くなっていた。上海でマフィアと争った遺恨は深くて、身の危険を感じるほどだった。わたしは、外国へ逃れることにしたけど、そのときにシェリーから赤子だったあなたを託された。組織の建て直しに懸命だったシェリーに余裕はなかったし、マフィアの残党がいつ家族に危害を加えるか知れたものじゃなかったから。

あなたの父親のアラガキとは一時期、恋仲だった。でも、シェリーに負けてね、結局のところ、アラガキが選んだのはシェリーだった。

わたしは上海の闘争で仲間を失い、恋敵の子を抱いて、日本で暮らすしかなかった。

十八年、長かったわ。

あなたを誰よりも愛情深く育てた。これだけは本当。最初は、シェリーとアラガキに対しての意趣返しのつもりだったけれどね。

あなたが中学生になるとき、入学式の日に、真新しい制服を着たあなたと、一緒に桜並木を歩いた。そのときに、これで良かったのかもしれないって思った。花吹雪の中で、無邪気に笑う顔を見ると、そんな気にさせられた。

でも、上海を忘れることはできなかった。

五年前、密《ひそ》かに帰郷したとき、アラガキが『城』に疑問を抱いて調査を行っていると知った。この深部を探り当てたアラガキと、わたしは口論になった。そこで、彼を殺した。この場所に真実を封じて、誰にも知られることはなかったはずだけれど、シェリーは気がついていたのかもしれない。

何度か遠まわしな問いかけがあった。わたしは誤魔化しきれないと思っていた。それにシェリーは抗争を避けるあまり、かつての理想を失っていた。フォンジェンは力を取り戻していたから、理想を実現するためには、わたしが組織に復帰する必要があった。

シェリーを亡《な》き者にするために、日本へ呼び出すことにした。アラガキの行方を条件にすれば、彼女が拒まないのは分かっていたからね。

独り立ちする年齢になったあなたには、真実を知る権利がある。わたしは、あなたが望むなら、それもかまわないと考えた。

だから、真実へ至るための鍵として、牌を託しておくことにした。

わたしは、
あなたの父親を殺した。
あなたの母親を殺した。
あなたの親友を殺した。
それでも確信がある。十八年も愛情深く育てて、あなたのすべてを知っているから。
あなたは、わたしを憎めない」

23　蘇《す》芳《おう》

破裂音。

手加減なしで、ビンタを叩きこんだ。

ランレイが倒れる。わたしは右手を振りぬいたままの恰好《かっこう》で、

「なにくそって、そう思えって、教えてくれたよね？　それだけは感謝してる。こういうときは、そんなふうに思わずにいられないから」

もう一発だ。いや、何度だってぶってやる。何度だって——

中学の制服を着たとき、似合ってないって思って落ち着かなかった。桜並木を歩いたとき、優しくて、まぶしそうな眼差《まなざ》しに応えたくて、なんとか笑ってみせた。

殴った手のほうが痛くて、痛くて、苦しいよ。

卑怯《ひきょう》だよ、こんなの。

右手を振りかざしたら、背後から抱きすくめられた。シャクティが、

「もういいよ、フー」

「シャクティ？」

わたしをのけて、シャクティが前に出る。

「そんな顔されて、黙って見てられないよ。自分で自分を殴ってるみたいでさ。それにあたしだって云ってやりたいことがあるんだ」

シャクティは眦《まなじり》を鋭くして、

「あんたは、自分に従わない『城』を潰そうと画策して、ホンファを利用した」

「……だったら、どうだというの？」

彼女の言葉に、シャクティは声を震わせた。

「あたしは、あんたに憧《あこが》れていた。上海で、あんたは女や子供、弱者のために戦った。あたしもそうなりたいと願ってたんだ」

「わたしは今も戦い続けている。この社会から悪を一掃するために」

「ちがう！　なぜホンファを利用して、ロンを殺させた？　聖母院への支援を餌《えさ》にして、自分は手を汚さずに済ませるためか？」

「わたしが直接手を下せば、また抗争がひどくなるだけ。そうするわけにはいかなった。ホンファにロン殺しを依頼したとき、確かに聖母院の支援を約束したけど、彼女が受けたのはそれだけが理由じゃないわ。知りたい？」

「ランレイ……」

ランレイは立ち上がって、懐《ふところ》から銃を取り出して構えた。

「動かないで」

彼女は銃口をシャクティに向けたまま、

「ホンファは、あなたをフォンジェンの後継者にしてほしいと云った」

「なんだと」

「わたしに子供はいないし、フーは真実を知ったら必ず離れていく。組織内に有望な人材はいない。だから、あなたが適任というわけ。わたしは約束した。この社会の在り方を壊すための組織を、あなたに継承させると」

「あたしのために……？」

「ロンを殺して、これが制裁なのだということを暗に知らしめる必要があった。だから、口中に『中』の牌《パイ》を残しておくようにホンファにいっておいた。彼女はうまくやってくれたわ。妹仔の娘たちの反感を買って、バイが殺されるなんていうハプニングもあったけれど、それも好都合だった。フォンジェンの介入を嫌っていたのはバイも同じで、彼女も始末する計画だったからね。ホンファに『白』の牌も持たせていたのはそういうこと」

「……あたしは、そんなものはいらない」

シャクティは声を絞り出した。

「そんなものはいらないんだ」

「あの子は、貧しい人や弱者のためにできることを、現実的な選択をしようとした。

『城』を壊すのは、それが可能な力を持つものなんだと理解していた」

「そんな子をあんたは撃ったんだ」

シャクティがなりふり構わずにつかみかかろうとする。ランレイの指が銃爪《ひきがね》にかかった。わたしはとっさに二人の間に割って入った。シャクティの盾になって押しとどめる。

「フー、どきなさい」

「わたしの母さんは、日本で死んだわ。わたしを育ててくれた母さんはね」

「そう……」

ランレイは銃を構えたまま、

「なら、仕方ないわね」

銃声が響いた。


つんとした硝煙の臭《にお》い。

拳銃《けんじゅう》が床に転がっていた。

「危ないところでした」

チェンが、発砲したままの姿勢で笑んだ。

「おじさん……」

わたしは、あらわれた王立香港警察の『魔警』を非難した。

「いやはや、階上のお嬢さんの処置で、少々手間取った。遅れてすみませんな」

チェンは悪びれもせずに云うと、手を押さえてうずくまるランレイに抜け目ない視線を注いだ。

「ご協力に感謝しますぞ」

「約束だったから」

「ふむ、確かに。ロンとの会見は果たされましたな」

チェンは銃を構えたまま、ランレイに歩み寄った。

「十八年ぶりでしょうかな。またお会いできて光栄です」

「……あなたが来るなんてね」

二人は静かに対峙《たいじ》した。

「上海で仲間の血に塗《まみ》れたとき、あなたは決定的に過ちを悟ったはずだ。なのになぜ、また同じ過ちを繰り返そうとするのです？　憎しみを胸に戦えば、どんな正義も歪《ゆが》み、その代償ははかりしれない」

「あなたが人身売買組織に息子を奪われたとき、あなたもまた復讐《ふくしゅう》を胸に誓ったはず。それはわたしの行っていることと、何が違うというの？」

「あるいは同じでしょうな。しかし、若い世代にそれを押し付けるつもりはない。わたしは新しい可能性を、血を流さない正義を信じたくなったのですよ」

「シェリーと同じね。日和見《ひよりみ》で現実は変わらない」

「……来ていただきましょうか。色々と聞かねばならないことがある」

「汚職にまみれた王立香港警察が、わたしを裁くとでも？」

ランレイは顔を上げ、まっすぐにチェンを見た。

「役人の腐敗ぶりを擁護するつもりはありませんな。しかし、あなたを裁くのは法であって、我々は捕まえるだけだ」

「法？　社会がわたしを裁く？　わたしは正義のために戦った」

「ちがいますな。あなたがやったのは、暗黒街の抗争、数々の殺人だ」

チェンは冷厳に、

「さあ、立ってください」

うながされて、ランレイは立ちあがるそぶりを見せた。その瞬間にチェンに体当たりをして、床に転がった銃を拾い上げた。

「馬鹿《ばか》な真似はやめなさい」

「抵抗するつもりはないわ」

彼女は壁を背にして銃口を自分の頭に押し付けた。

「わたしは自分の理想のために戦った。それを恥じたことは一度もない。シャクティ、フォンジェンをあなたに託すわ」

「あたしはあんたとは違う」

「人が、人を、人だと思わない。そんな社会なら壊すしかない。いつか、あなたもわたしと同じ選択をする時が来る――」

そう云って、わたしへ視線を移し、

「フー、香港へ来るようあなたに示唆《しさ》しておいたのは、蘇芳の教訓に従ったから。家族は別れるべきでない。その時に、あなたがどんな選択をしようとも、それは定めとして受け入れようと決めていた」

「母さん」

わたしは、ついそう呼んでいた。ランレイは苦笑した。

「――因果だね」

銃声が轟《とどろ》いた。

背後の壁に血しぶきが散る。

それは五枚の花弁のように広がった。

24　幻影

——二週間が過ぎた。

シャクティに電話すると、彼女は気分転換がしたいと云いだした。車でどこかへ行こうと誘われて、二つ返事で了承する。

シャクティは、最初に空港へ来た時と同じ真っ赤なルノー・カラヴェルのカブリオレで迎えに来た。

「シャクティの運転、荒いよ」

「はあ？　あたしの運転じゃなくて、こいつがオンボロなんだよ」

シャクティとは普段と同じ調子で話した。わたしはよく見ないように心掛けたが、泣きはらした目のあたりはうまく化粧で隠されていた。

わたしも化粧は気合を入れた。だから、二人とも今日は濃い目だった。

「海が見たいねえ」

「あ、いいわね」

そんなふうに気分屋の二人は相談して湾岸地区を走った。再開発の波によって、ビルの群れがぐんぐん急成長をしている。その合間から、きらめく海原の広がりが見える。

天気は快晴で、風が暖かくて心地よかった。

　オープンカーって、ちょっと恥ずかしいと思ってたけど、案外いいものねと、わたしは落ち込んだ気持ちをごまかした。

「ホンファ、海が好きでさ」

「うん」

　適当に相槌《あいづち》をうっているように、なんとか繕った。

「てんで泳げないくせに、海とかに行きたがるんだ。夏でさ。近所の姐《ねえ》さんがおさがりくれるっていうから、水着をもらって行ったんだよ。あいつが水着とか着ると、男がよってくるから、あたしがぶん殴るんだけど、その浜辺にいる男の顔がみんな痣《あざ》だらけになってさ」

「何の話なのよ……」

　わたしは頭を抱えた。

「夕焼けになってさ。二人でずっと陽が沈むまで海を見てた。辛《つら》くっても、苦しくっても太陽はいつも綺麗《きれい》で、あんなふうにいつも――」

　昂《たかぶ》った感情が声をつまらせた。

　わたしは運転席のほうを見ないよう顔をそむけた。

　車はスピードを落として、ゆっくりとうねる道路の端にとまる。

林立するビルの影が濃くなり、太陽が水平線の彼方《かなた》へ沈みはじめる。

わたしは助手席で、シャクティが落ち着くのを待った。

「腹が減ったな。何か食べに行こう」

シャクティはようやく感情を治めたらしく、そう提案してきた。

「うん」

わたしは応《こた》えて、車はまた走り出す。

赤い光と影の中で、

「ねえ、シャクティ」

「なに？」

「壊したいって、まだ思ってる？」

「ああ――」

流れる幻影の中で、シャクティはしっかりと前を見据えていた。涙の跡は乾いていた。

太陽のきらめきが、瞳《ひとみ》をかがやかせていた。

「――思ってるよ」

終　蘇芳の国の風姫

——数年を経て、香港返還後。

はじめて飛行機に乗ったときのことを思い出した。

今、香港へ向かう機上にありながら、さまざまなことを考える。あれから何年たっただろうか。落ち着きのなかったわたしも、さすがに大人になった。

香港国際空港に降り立ったとき、強盗を警戒してしまったのは初めて訪れたときの苦い経験からだ。あのときと違って、服装はパンツスーツで靴も歩きやすいものを選んでいる。謎《なぞ》の中国人に太ももを凝視されたり、トランクケースを盗《と》られそうになって、回し蹴《げ》りを放ったりしなくてすむ。経験は貴重なものだ。

香港へは仕事の関係で来た。実のところ、すさまじい強行スケジュールなうえに、厄介な折衝のオンパレードであったので余裕などなかったのだけれど、それでも時間をつくって遊びに出ることにした。

尖沙咀《ツィムサーツイ》駅出口で待ち合わせて、王韻玲《ワンインリン》と合流した。彼女は日本に留学生としてやってきて、香港へ帰ってから現地の大学へ入り直した。もちろんその後も交流は続いていて、近況を報告し合ったりもしていた。

　１８８１ヘリテージは、ハーバーシティの正面にある白亜調の歴史的建造物だ。もとは水上警察や消防署として使われていたらしい。香港の建築物文化遺産で、クラシックで、モダンな外見とは裏腹に、最新のショッピングモールとしてリニューアルされていた。

　韻玲とは久しぶりの再会で、だいぶ話し込んだ。ブティックをウィンドウショッピングして回る。財布の許す限り買い物をしたかったけれど、大荷物を抱えて帰る余裕がない。観光でなかったのが悔やまれた。

　それでも小物の類《たぐい》は買い込んだ。ティファニーのガラス張りの店舗は素晴らしく、そこでの時間は有意義だ。韻玲は大人っぽい外見とは裏腹に可愛《かわい》いものが好きで、休日で観光目的だったら、香港ディズニーランドに行ったのに、とぼやいた。これにはまったく異論がなかったので、次に来た時は必ずそうしようと約束した。

　気を遣ってくれてはいるけれど、韻玲も仕事の関係で忙しいはずだ。大学卒業後、香港行政庁に就職して、その後、国際的な人道支援を行うＮＧＯへと転じた。今は頻繁に海外を飛び回って、貧困や紛争問題に取り組んでいる。

　歩き回ってさすがに疲れたので、オープンテラスのカフェで寛《くつろ》ぐことにした。

近くで、タキシード姿の男性と、ウェディングドレスの女性が写真を撮っていた。前水警総部――メインビル――で、結婚式をあげるのだろう。メインビルは、現在は五つ星のホテルとして利用されているが、かつて様々な国籍の警察が入っていて、インド警察などもそこに駐在していたという。カップルの華やかで幸せそうな姿を横目に、お茶を楽しんだ。

夕暮れ時になり、ふと昔を思い出す。

ポケットから、ダブルハピネスのピアスを取り出す。土産物屋で売っているような安物で、片方だけの品だけれど、わたしにとって特別の品だ。

感傷に浸っていると、韻玲がそろそろ行こうと誘うので、彼女の車に乗った。

車は真っ赤なルノー・カラヴェルのカブリオレ。だいぶガタがきているのと、彼女の運転が荒いので、怖い思いをさせられた。

そして、郊外の聖母院に到着する。かつての聖母院から場所を移し、風姫を解体して新設された財団の運営による施設だ。そこでもう一人の友人、マリーと合流する。忙しさにかまけていたので、久しぶりの再会だった。彼女も誘っていたのだけれど、引き取った孤児たちの世話が忙しいと、相変わらずの答えだったので、夕食を一緒にするため、韻玲と共謀して車に押し込んだ。

マリーは強硬手段に抗議してかなり怒ったが、拒んだりはしなかった。三人での語らいは盛り上がって、韻玲ははしゃいでお酒を呑《の》んだ。マリーはかつて負った傷が、まだ癒《い》えていないと、お酒の方は辞退したけれど、それでも楽しそうだった。

今日の買い物だって、三人で行けばもっと楽しかっただろう。わたしはそのことについて、だいぶ未練があったので、今度は三人で日本を観光しようと提案した。

韻玲はべろべろに酔って正体を失っている。マリーはそんな韻玲を介抱しながら、きっと行こうと約束してくれた。

韻玲に水を飲ませようと、グラスをとったマリーの胸元から、ダブルハピネスのピアスがのぞいた。かつてわたしが贈った品で、彼女はそれが砕けた後も、首飾りにして大切に持ってくれているらしい。そのことを話すと、彼女は自分の命を救ってくれた品だからだと、感慨深そうに胸元に手を当てた。

マリーの中国名は、ホンファ。

王韻玲のイングリッシュネームは、シャクティ・サマンサ。

わたしの友人たちは、あの事件の後にマフィアを警戒して、公《おおやけ》にそれまでの名前を名乗るのを控えるようになった。今は、ホンファがイングリッシュネームを、シャクティが中国名を、というふうに、あべこべな状態だ。

過去の出来事は、深く、大きな傷跡を残したのだ。

マリーが銃撃を受けたとき、誰もがその死を疑わなかった。彼女は心肺停止状態だった。後からやってきたチェンが、迅速に処置して病院へ運んだが、彼にしてみても助かるとは思えなかっただろう。

もしも、彼女が信じた神様がいたのだとしたら、それは確かに奇跡だった。

彼女が胸元に隠し持っていたピアスに銃弾があたり、急所をわずかに外していた。

発射された弾丸が、小口径だったのも幸いした。命中率と携行性から小口径の銃を選んだのだろうと、チェンは云っていたけれど、そうでなければ助からなかったかもしれない。

だが、肺の大部分を失うほどの大けがだ。

大量の輸血が必要な手術で、偶然、わたしたち三人の血液型が一緒だったので協力した。

三か月ほど後になって、ようやく起き上がれるようになった彼女にそのことを話すと、本当に血を分けた家族になってしまったと笑った。

その後も色々なことがあった。

さまざまな清算が終わるには、香港返還後まで待たなければならなかった。

そして時代が変わり、月日が経《た》っても彼女たちとの関係は続いている。

だから、わたしは疑っていない。

また三人で、笑いながら歩める日は来ると信じている。

参考資料

中国史 5 清末〜現在（世界歴史大系）
松丸 道雄　池田 温　斯波 義信　神田 信夫　濱下 武志　山川出版社
世界の都市の物語 16 香港　陳 舜臣　文藝春秋
旅名人ブックス88 上海歴史散歩—レトロな建物群から国際都市の魅力を探る
文 邸景一、荻野純一　写真 柳木昭信、朝倉利恵　旅名人編集室編　日経BPコンサルティング
香港の歴史——東洋と西洋の間に立つ人々（世界歴史叢書）
ジョン・M・キャロル　倉田 明子、倉田 徹 翻訳　明石書店
九龍城探訪 魔窟で暮らす人々
グレッグ・ジラード　イアン・ランボット　尾原 美保 翻訳　吉田 一郎 監修
イースト・プレス
九龍城砦　宮本 隆司　平凡社

本書は書下ろしです。

月原 渉著

使用人探偵シズカ
―横濱異人館殺人事件―

謎の絵の通りに、紳士淑女が縊られていく。「ご主人様、見立て殺人でございます」。奇怪な事件に挑むのは、謎の使用人ツユリシズカ。

月原 渉著

首無館の殺人

その館では、首のない死体が首を抱く――。斜陽の商家で起きる連続首無事件。奇妙な琴の音、動く首、謎の中庭。本格ミステリー。

月原 渉著

犬神館の殺人

その館では、密室の最奥で死体が凍る――。氷結した女が発見されたのは、戦慄の犬神館。ギロチン仕掛け、三重の封印、消えた犯人。

月原 渉著

鏡館の殺人

姿見に現れる「死んだ姉」。「ころす」の文字……。この館では、鏡が「罪」を予言する――。少女たちの棲む左右対称の館で何かが起きる。

月原 渉著

炎舞館の殺人

死体は〈灼熱密室〉で甦る！　窯の中のばらばら遺体。消えた胴体の謎。二重三重の事件に浮かび上がる美しくも悲しき罪と罰。

七月隆文著

ケーキ王子の名推理《スペシャリテ》

ドSのパティシエ男子&ケーキ大好き失恋女子が、他人の恋やトラブルもお菓子の知識で鮮やかに解決！　胸きゅん青春スペシャリテ。

武田綾乃著

君と漕ぐ

―ながとろ高校カヌー部―

初心者の舞奈、体格と実力を備えた恵梨香、上位を目指す希衣、掛け持ちの千帆。カヌー部女子の奮闘を爽やかに描く青春部活小説。

伊与原　新著

青ノ果テ

―花巻農芸高校地学部の夏―

僕たちは本当のことなんて1ミリも知らなかった――。東京から来た謎の転校生との自転車旅。東北の風景に青春を描くロードノベル。

紺野天龍著

幽世《かくりよ》の薬剤師

薬剤師・空洞《うろ》淵霧瑚《ぶちきりこ》はある日、「幽世」に迷いこむ。そこでは謎の病が蔓延しており……。現役薬剤師が描く異世界×医療ミステリー！

町田そのこ著

コンビニ兄弟

―テンダネス門司港こがね村店―

魔性のフェロモンを持つ名物コンビニ店長（と兄）の元には、今日も悩みを抱えた人たちがやってくる。心温まるお仕事小説登場。

梶尾真治著

黄泉がえり

会いたかったあの人が、再び目の前に――。死者の生き返り現象に喜びながらも戸惑う家族。そして行政。「泣けるホラー」、一大巨編。

知念実希人著

幻影の手術室

―天久鷹央の事件カルテ―

手術室で起きた密室殺人。麻酔科医はなぜ、死んだのか。天久鷹央は全容解明に乗り出すが……。現役医師による本格医療ミステリ。

新潮文庫最新刊

川上弘美著

ぼくの死体をよろしくたのむ

うしろ姿が美しい男への恋、小さな人を救うため猫と死闘する銀座午後二時。大切な誰かを思う熱情が心に染み渡る、十八篇の物語。

千葉雅也著

デッドライン

野間文芸新人賞受賞

修士論文のデッドラインが迫るなか、行きずりの男たちと関係を持つ「僕」。友、恩師、家族……気鋭の哲学者が描く疾走する青春小説。

西村京太郎著

十津川警部 鳴子こけし殺人事件

巨万の富を持つ資産家、女性カメラマン、自動車会社の新入社員、一発屋の歌手。連続殺人の現場に残されたこけしが意味するものは。

知念実希人著

生命の略奪者

―天久鷹央の事件カルテ―

多発する「臓器強奪」事件。なぜ心臓は狙われたのか――。死者の崇高な想いを踏みにじる凶悪犯に、天才女医・天久鷹央が対峙する。

霧島兵庫著

二人のクラウゼヴィッツ

名著『戦争論』はこうして誕生した！　戦争について思索した軍人と、それを受け止めた聡明な妻。その軽妙な会話を交えて描く小説。

橋本長道著

覇王の譜

王座に君臨する旧友。一方こちらは最底辺。棋士・直江大の人生を懸けた巻き返しが始まる。元奨励会の作家が描く令和将棋三国志。

新潮文庫最新刊

深沢潮著　かけらのかたち

「あの人より、私、幸せ？」人と比べて嫉妬に悶え、見失う自分の幸福の形。ＳＮＳにはあげない本音を見透かす、痛快な連作短編集。

武田綾乃著　どうぞ愛をお叫びください

ユーチューバーを始めた四人の男子高校生。ゲーム実況動画がバズって一躍人気者になるが――。今を切り取る最旬青春ストーリー。

三川みり著　龍ノ国幻想3　百鬼の号令

反封洲《たんのほうしゅう》の伴有間《ともありま》は、地の底に落とされて生き抜いた過去を持つ。闇に耐えた命だからこそ国の頂を目指す。壮絶なる国盗り劇、開幕！

月原渉著　九龍城の殺人

「男子禁制」の魔窟で起きた禍々しき密室連続殺人――。全身刺青の女が君臨する妖しい城で、不可解な死体が発見される――。

D・チェン著　未来をつくる言葉　―わかりあえなさをつなぐために―

新しいのに懐かしくて、心地よくて、なぜだか泣ける。気鋭の情報学者が未知なる土地を旅するように描き出した人類の未来とは。

信友直子著　ぼけますから、よろしくお願いします。

母が認知症になってから、否が応にも変わらざるを得なかった三人家族。老老介護の現実と、深く優しい夫婦の絆を綴る感動の記録。

新潮文庫最新刊

P・オースター
柴田元幸訳

写字室の旅／闇の中の男

私の記憶は誰の記憶なのだろうか。闇の中から現れる物語が伝える真実。円熟の極みの中編二作を合本し、新たな物語が起動する。

P・ベンジャミン
田口俊樹訳

スクイズ・プレー

探偵マックスに調査を依頼したのは脅迫された元大リーガー。オースターが別名義で発表したデビュー作にして私立探偵小説の名篇。

H・P・ラヴクラフト
南條竹則編訳

アウトサイダー
―クトゥルー神話傑作選―

廃墟のような古城に、魔都アーカムに、この世ならざる者どもが蠢いていた――。作家ラヴクラフトの真髄、漆黒の十五編を収録。

D・E・ウェストレイク
木村二郎訳

ギャンブラーが多すぎる

ギャンブル好きのタクシー運転手が殺人の容疑者に。ギャングにまで追われながら美女とともに奔走する犯人探し――巨匠幻の逸品。

上橋菜穂子著

風と行く者
―守り人外伝―

〈風の楽人〉と草市で再会したバルサは、再び護衛を頼まれる。ジグロの娘かもしれない若い女頭を守るため、ロタ王国へと旅立つ。

七月隆文著

ケーキ王子の名推理《スペシャリテ》6

颯人は世界一の夢に向かい国際コンクール代表選に出場。未羽にも思いがけない転機が訪れ……尊い二人の青春スペシャリテ第6弾。

デザイン　鈴木久美

九《クー》龍《ロン》城《じょう》の殺《さつ》人《じん》

新潮文庫　つ－37－11

令和四年九月一日発行

著者　月《つき》原《はら》渉《わたる》

発行者　佐藤隆信

発行所　株式会社新潮社

郵便番号　一六二―八七一一
東京都新宿区矢来町七一
電話　編集部(〇三)三二六六―五四四〇
　　　読者係(〇三)三二六六―五一一一
https://www.shinchosha.co.jp

価格はカバーに表示してあります。

乱丁・落丁本は、ご面倒ですが小社読者係宛ご送付ください。送料小社負担にてお取替えいたします。

印刷・錦明印刷株式会社　製本・錦明印刷株式会社
© Wataru Tsukihara 2022 Printed in Japan

ISBN978-4-10-180249-7 C0193